LE PRINCE SAUVAGE

LE MEUTE DE TAKHINI
TOME 4

VIVIAN AREND

Ceci est une œuvre de fiction. Les noms, les personnages, les lieux et les incidents sont le produit de l'imagination de l'auteur ou sont employés de manière fictive, et toute ressemblance à des personnes, existant ou ayant existé, des entreprises, des événements ou des lieux ne serait qu'une coïncidence.

SINISTRE PROPHÉTIE

La course marque la fin et le début. La Terre tournera vingt et une fois avant de réunir le sauvage et la raison.

Lorsque le soleil descendra sur le pic lointain, le sauvage devra suivre la raison.

Prépare-toi à cette tâche, loup alpha.

Prépare ton cœur, prince loup.

Prépare-toi et apprends.

Lorsque les rayons du soleil apparaissent et que les voix résonnent, le prince sauvage et sa compagne se tournent vers le nord et répondent à l'appel, plus jamais les mêmes. Sans jamais redevenir ceux qu'ils étaient avant.

Prépare-toi.

1

———————

Le mince rai de pénombre à l'extérieur de la boutique offrait à Dani Neville à peine assez de marge de manœuvre pour se mettre à l'abri des regards. Une main sur la poignée de la porte, l'autre en train de crocheter la serrure, elle colla son oreille contre le lourd panneau de bois et fit confiance à sa guetteuse pour repérer les coups d'œil suspects dans leur direction.

Quinze secondes plus tard, le troisième verrou s'ouvrit avec un léger soupir, et Dani passa la porte avec sa complice, à l'abri des regards curieux. Face à elles, le magasin Wolf Brothers Wild Adventures était désert ; des rangées d'étagères bien alignées étaient chargées de matériel de camping et de vêtements de plein air.

Ignorant la distraction, bien qu'elle apprécie les jouets d'aventure, Dani se concentra sur sa tâche, balayant du regard les alentours à la recherche de caméras de sécurité.

Une dans chacun des trois coins, mais deux seulement étaient fausses, ce que les connaisseurs pouvaient déceler au premier coup d'œil. Et une personne qui était essentiellement une princesse du monde des métamorphes *n'aurait pas dû* le savoir, mais bon, il fallait bien se trouver un passe-temps.

Dani pointa un doigt vers la caméra de surveillance, et Michele bondit en avant, parcourant la salle comme une ombre jusqu'à se retrouver directement sous l'appareil. Elle sauta, et une seconde plus tard, la caméra était couverte.

Michele atterrit comme un chat, se tournant pour faire éclater une bulle de son chewing-gum. Elle leva le pouce, et toutes les deux se dirigèrent vers l'arrière du bâtiment.

Moins d'une minute s'était écoulée depuis leur entrée dans le magasin. Après tous les efforts déployés pour en arriver là, pour la première fois, les choses allaient dans leur sens.

— Je les sens, dit Michele à voix basse. Deux loups, deux ours... et il y a une troisième louve qui traîne ici à l'occasion, mais elle n'est pas là pour le moment.

Dani scruta les murs à la recherche du prochain indice qui pourrait les aider.

— J'ai l'impression de traquer ma sœur depuis une éternité. Il est temps de découvrir la vérité.

— Ne va pas trop vite en besogne, l'avertit Michele. Tu sais ce que dit Charlene.

Ce rappel au respect des règles dérangeait Dani. Elle ne voulait pas ralentir sa course effrénée. Pas après si longtemps, mais... Michele avait raison.

Dani réfréna un grognement de mécontentement.

— C'est important d'atteindre son objectif, mais c'est encore plus important de s'en sortir vivant.

Michele la rejoignit devant un mur rempli de clés ; elle en récupéra deux et en lança une à Dani.

— Je pensais plutôt à des conseils du genre *hé, les filles, ne vous faites pas attraper*, mais si tu veux mémoriser mot pour mot tout ce qu'elle t'a appris, vas-y, ma belle. *Perfectionniste.*

Elle sourit.

— Tu es prête pour ça ?

— Je suis prête depuis la naissance.

Pfff. Quelle réplique ringarde !

— Je vomirais bien, mais tu serais sans doute capable de cracher une boule de poils juste pour faire plus fort que moi.

Dani combattit la horde de papillons qui s'agitaient dans son ventre. C'était une sensation étrange, d'être si proche d'atteindre potentiellement l'un de ses plus grands objectifs.

— Je suis sérieuse, Mich, c'est la meilleure chance que nous ayons eue jusqu'à présent. Je suis sûre à quatre-vingt-dix pour cent que nous avons localisé ma sœur, mais en cas de problème, rejoins le point de rendez-vous, puis contacte Charlene et vois ce qu'elle suggère.

Michele lui tapa dans la main avant de se diriger vers la rangée de motoneiges impeccables.

Dani ouvrit la porte de garage avant de choisir sa machine. Le puissant moteur vibra tandis qu'elle les guidait vers la sortie et l'allée. Elle se faufila sur les routes secondaires de la petite ville de Chicken, dans le nord du pays, en direction des montagnes, suivant la piste laissée par trois motoneiges. Ses cibles étaient parties moins d'une heure plus tôt.

Un véritable frisson d'excitation lui parcourut les veines.

Pendant des années, Dani avait cherché à savoir ce qui était arrivé à sa sœur Amanda après qu'elle avait accepté un mariage arrangé et quitté leur maison sur l'île de Kodiak. Elle était inaccessible aux étrangers afin de protéger les ours fantômes, rares et discrets, qui y vivaient. Mais en raison des mesures de sécurité, il était difficile de faire entrer ou sortir beaucoup d'informations.

Les bribes sans intérêt que les dirigeants laissaient filtrer étaient si frustrantes que Dani avait fini par prendre les choses en main. Elle avait construit une radio artisanale, et cet acte courageux avait déclenché une série de réactions en chaîne. Alors qu'elle écoutait en silence des conversations provenant du monde entier, Dani avait remarqué un certain nombre de coïncidence : des noms, des événements, des codes, même. Elle avait d'abord cru que c'était le fruit de son imagination débordante, mais les pièces du puzzle avaient fini par se mettre en place.

Elle était tombée sur un collectif secret de métamorphes.

Qui ne se cachaient pas seulement de la population humaine, mais aussi de leurs propres clans et meutes. Des loups, des ours, des chats, entre autres, travaillant ensemble dans l'ombre, avec l'espoir qu'un jour ils pourraient créer un monde meilleur pour ceux qui avaient besoin d'aide.

Ces nuits passées en cachette près de la radio, à discuter avec d'autres personnes en Russie et dans les pays scandinaves, avaient changé la vie de Dani pour toujours. Elle était jeune, à peine seize ans, lorsqu'elle avait rejoint leurs rangs, mais ils lui avaient ouvert un monde de possibilités en dehors de sa vie isolée.

C'était alors qu'était arrivé l'appel de Charlene.

À la tête d'une équipe ultra-secrète chargée d'effectuer des missions sous couverture au sein de la communauté des métamorphes, la jeunesse de Dani ne semblait pas la gêner. Charlene avait envoyé en catimini des mentors sur l'île de Kodiak pour la former, et la jeune fille avait relevé le défi avec brio. Elle avait travaillé sans relâche entre les séances d'entraînement, acquérant toutes sortes de nouvelles compétences. Aucun d'entre eux ne l'avait traitée comme si elle était trop jeune. Ils avaient senti sa soif d'apprendre ; voilà pourquoi elle était prête à prendre sa place à part entière au sein de l'équipe.

Elle inclina brusquement la motoneige, s'enfonçant plus loin dans le paysage enneigé. La neige s'envolait vers le ciel, et l'air froid couplé à la vitesse lui picotait les joues.

Cette première excursion était pour elle : Charlene lui avait donné les moyens de s'assurer que les récentes rumeurs concernant sa sœur étaient fondées. Si c'était le cas, Dani serait libre de parcourir le monde.

Mais elle devait d'abord être sûre à cent pour cent que l'horrible situation de sa sœur s'était arrangée. Il lui avait fallu trop de temps pour découvrir qu'Amanda était en danger, puis pour déclencher les événements qui la mettraient à l'abri, mais Charlene lui avait assuré que c'était désormais chose faite.

Serrant le volant plus fermement, Dani sentit un sourire se dessiner sur ses lèvres. Son avenir se présentait devant elle, et elle avait hâte.

~

Après trente-trois ans, Cole avait décidé que les prophéties étaient l'invention la plus ridicule qui soit.

Après tout, ce n'était pas sa faute si une pseudo gourou magicienne s'était pointée à son baptême et celui de son jumeau pour débiter son charabia. Non, le sort sinistre qui s'était acharné sur lui était dû en grande partie, selon lui, au hasard des dés et au fait de s'être trouvé au mauvais endroit au mauvais moment.

Mais le pire, c'était quand ces fantaisies mystiques ne se

réalisaient pas, de la manière la plus agaçante et irritante qui soit.

Il n'y avait jamais vraiment cru au départ, mais lorsqu'un métamorphe avait grandi dans une meute très isolée, dont la plupart des membres étaient superstitieux, l'arrivée de l'un des rares mystiques nordiques au moment le plus inopportun envoyait du lourd.

C'était déjà assez pénible que la carcajou se soit montrée à sa naissance et celle de son frère jumeau. Mais quand la mystique avait également assisté à leur admission dans la meute et à leurs premières transformations, braquant son attention sur Cole comme un missile à verrouillage laser ; après tout cela, on pouvait excuser même un homme aussi stoïque que lui d'avoir commencé à croire à l'invraisemblable.

La seule chose claire dans la prophétie était la consigne d'apprendre, et c'était ce que Cole avait fait. N'importe quoi. Tout. Les disciplines physiques comme le combat et le tae kwon do. Des études plus académiques.

Cole n'avait aucune difficulté à apprendre quoi que ce soit, à une exception près. À la fin de ses études secondaires, il connaissait les divisions politiques des humains et des métamorphes du monde entier aussi bien qu'il connaissait son territoire local. Il parlait plusieurs langues avec un certain talent et était capable de démonter n'importe quel moteur et de le reconstruire. Il avait des connaissances en chimie suffisantes pour fabriquer tout ce qu'il voulait, des explosifs aux remèdes médicinaux.

Du moment que sa tâche ne consistait pas à cuisiner pour obtenir un repas comestible, il était tout à fait compétent.

Pour une raison qu'il ignorait, son jumeau, Caden, ne figurait pas dans la prophétie. Pourtant, lorsque son frère avait rencontré sa compagne quelques jours seulement après son vingt et unième anniversaire, une situation inhabituelle et bienvenue, Cole avait espéré que c'était le signe que lui aussi obtiendrait enfin plus de réponses...

Aujourd'hui, douze ans plus tard, les contes de fées pouvaient bien aller se faire foutre.

En fait, non, mais *allez, quoi !* Il était fatigué d'attendre. Fatigué d'apprendre, car sa formation s'élargissait de plus en plus à mesure qu'il recherchait de nouveaux sujets inexplorés, comme sa dernière certification en tant que thérapeute Reiki.

La gestion du magasin d'aventures avec son frère constituait la seule planche de salut dans son état d'incertitude permanent.

— Passe devant, ordonna son frère, qui sourit brièvement avant de démarrer le moteur de sa motoneige.

Cole saisit les poignées et augmenta sa vitesse, guidant leur petit groupe hors de la ville isolée de Chicken et sur les pentes enneigées de la montagne, juste à la sortie de la bourgade. Il ajusta son casque et ouvrit la liaison radio entre son frère et lui.

— Tu es un homme courageux.

Le petit rire de Caden résonna sur la ligne.

— Parce que ?

— Cette femme à tes côtés... S'il lui arrive quoi que ce soit, un certain ours démesurément grand te fera une appendicectomie, et il passera par ta gorge.

Leurs clients du jour pour la petite aventure en motoneige étaient des gros bonnets en visite. Cole n'avait pas besoin de connaître les détails, mais les autorités de la ville et l'énorme grizzli qui les accompagnait l'avaient prévenu qu'ils risquaient leur vie si quoi que ce soit venait à arriver à la petite femme métamorphe, ne serait-ce qu'un cheveu ébouriffé.

Bla bla bla. Cole n'avait pas peur, mais la menace rendait la journée plus intéressante.

Son frère était tout aussi désinvolte vis-à-vis de la situation.

— Hé, ce n'est pas aussi grave que la fois où ces triplés ont réussi à nous perdre dans ce blizzard monstrueux. Nous n'allons faire qu'un petit tour.

— Je maintiens que tu es un homme courageux, marmonna Cole.

Il ajusta le combiné, le souffle frais du vent sur ses joues dissipant un peu de sa frustration omniprésente.

— Comment se débrouille-t-elle ?

— Plutôt bien. J'éteins le casque pour la laisser prendre les commandes un moment.

— Compris.

Cole raccrocha. La petite ourse que son frère escortait était une invitée de choix pour Wolf Brothers Wild Adventures. Le grand grizzli à ses côtés était manifestement plus qu'un garde du corps, et Cole se fendit d'un sourire, même si cela lui faisait mal aux joues. Oui, il était évident que ces deux-là allaient s'acoquiner tôt ou tard, et ce n'était pas une prédiction de sa part, car il n'avait aucune capacité prophétique. C'était parce qu'il avait un fichu flair. La petite métamorphe avait essayé de le cacher, mais pas le grizzli. Tous les deux étaient très attirés l'un par l'autre.

Cole leur souhaitait le meilleur, alors même qu'une vague de jalousie le parcourait.

Maudites prophéties et maudits prédicateurs mystiques. Maudit avenir qui ne se présentait pas quand il le voulait.

Soudain, Cole en eut assez. Il avait été obligé de regarder Caden se blottir contre sa chérie ce matin-là. Et maintenant, ces deux ours, dont les futures cabrioles se lisaient sur leurs visages, le narguaient sans s'en apercevoir avec leur complicité, soulignant bien trop nettement son manque sur le plan matrimonial.

Oh, pauvre de toi ! Il était une loque sur le plan émotionnel, et il n'y avait qu'une seule solution à ce problème. Ils s'arrêtèrent au sommet de la colline ; la vue sur les montagnes escarpées était dégagée et nette. Entre le vent froid et le soleil déclinant, la journée était au moins favorable.

Cole retira son T-shirt.

— Désolé, les gars, mais j'ai besoin de passer un peu de temps dans ma fourrure. Vous pouvez vous joindre à moi, ou je me contenterai de courir à côté de vous à partir de maintenant.

On lui répondit par des hochements de tête approbateurs. Heureusement, les métamorphes comprenaient le besoin de se retrouver dans sa fourrure. C'était l'unique chose pure et parfaite dont il pouvait profiter.

Son loup, qui était bien plus patient que son côté humain, le cajola.

Elle va arriver, le consola-t-il alors même que la partie animale passait au premier plan et prenait le contrôle, les membres se réorganisant à mesure que l'homme s'effaçait.

Cole secoua sa fourrure et appuya fermement ses pattes sur le sol enneigé, sentant le lien de son animal avec la terre.

Elle sera bientôt là.

Si seulement Cole pouvait ressentir autant d'optimisme quant à leur avenir ! Douze années passées à attendre, c'était trop long. Il ne retenait plus son souffle.

~

L'impatience de Dani se renforça lorsqu'ils franchirent une autre crête, suivant de près les traces dans la neige devant eux. Ils étaient proches maintenant, si proches qu'elle pouvait presque le sentir.

L'odeur d'ours et de loup, l'essence et l'huile, ainsi que le froid vif du début de l'hiver qu'elle aspirait à pleins poumons. Cependant, l'obscurité gagnait du terrain. Le soleil était tombé derrière les montagnes lointaines, et des traînées rouges et dorées traversaient le ciel comme les rayons d'énormes projecteurs.

Regarde !

Les ours et les loups avaient abandonné leurs motoneiges et couraient sous leur forme animale dans la plaine enneigée. Leurs mouvements dégageaient une telle joie, même à distance, que Dani n'était pas ravie de les interrompre, même si c'était pour une bonne raison.

Et c'était vraiment la *meilleure* des raisons. Elle se dirigea directement vers la plus petite des deux silhouettes d'ours. Une occasion. Il ne lui faudrait qu'une minute avec sa sœur pour être sûre.

Sa chance tourna, et les loups, l'empêchant de saisir cette occasion, rebroussèrent chemin en courant vers leurs motoneiges.

— Abandonne le plan ! lui cria Michele.

— Mais...

Dani pinça les lèvres. Cela ne servait à rien de se plaindre. Michele avait raison. C'était la seule solution. Elles allaient abandonner aujourd'hui, et réessayer demain.

— Très bien. On part vers le nord.

La rivière derrière elles était suffisamment large et lente pour qu'une épaisse couche de glace s'y soit déjà formée. Plus qu'il n'en fallait pour faire office de pont vers l'autre rive si elles faisaient vite.

— Bonne chance, dit Michele avant de lancer son moteur et de filer à toute allure, louvoyant à gauche et à droite et confondant ses traces fraîches avec d'autres, plus anciennes, à la surface de la neige.

Mais il était inutile de tenter de créer de fausses traces lorsque deux véhicules avançant à vive allure les poursuivaient. Dani cligna des yeux, choquée, alors qu'elle regardait à nouveau par-dessus son épaule.

Nus ? Pourquoi les hommes sur les motoneiges étaient-ils nus ?

Bon sang ! Ils devaient avoir terriblement froid !

Elle frissonna en signe de solidarité alors même qu'elle suivait Michele à la trace au détour d'un buisson. La rivière était de plus en plus proche, mais comme elles étaient suivies, elles ne pouvaient pas prendre de risque. Dani éloigna son véhicule de celui de Michele, et l'une des motoneiges qui les poursuivaient s'écarta pour la suivre.

Dani sourit. Grâce à un virage brusque, l'homme qui se trouvait derrière elle partit en tête-à-queue en essayant de la rattraper. Elle manœuvrait plus facilement grâce à son gabarit léger et à douceur sur les commandes. Une minute plus tard, elle croisait le chemin de Michele, ce qui créa un moment de pure panique où les loups durent s'arrêter sous peine de s'écraser l'un contre l'autre.

Michele fit glisser son véhicule de la berge à la glace, la motoneige dérapant une seconde avant qu'elle ne reprenne de l'élan. Dani hésita un instant, jetant un coup d'œil en arrière pour s'assurer que les loups ne s'étaient pas réellement heurtés : elle ne voulait pas qu'ils soient blessés.

Cette petite seconde de distraction suffit pour qu'elle ralentisse, s'envolant de la berge pour retomber sur la glace quelques secondes après sa partenaire. Juste assez longtemps pour que la vague provoquée par le premier atterrissage fasse basculer la glace vers le bas, puis vers l'arrière, et qu'au lieu d'un passage en douceur sur la surface jusqu'à la rive opposée, il y ait désormais de l'eau…

Dani freina et fit tourner la motoneige sur le côté, s'arrêtant quelques centimètres avant de basculer dans le noir d'encre des profondeurs glacées de la rivière.

Michele disparaissait déjà au loin, la lumière de ses phares s'atténuant, le grondement sourd du moteur disparaissant progressivement jusqu'à ce que Dani soit sûre que son amie était bien partie. Elles reprendraient contact le plus vite possible.

Pendant ce temps, un rugissement en provenance de la rive sud attira l'attention de Dani vers les loups. Les ombres s'allongeaient, et le ciel s'assombrit à mesure que le soleil se couchait. Dani regarda l'eau entre le rivage et l'endroit où elle était assise sur sa motoneige, un îlot de glace.

Très bien. L'espace était trop large pour que quelqu'un puisse sauter.

— Accroche-toi. Je vais chercher une corde.

L'un des hommes disparut, et l'autre s'approcha de la berge en tapant vigoureusement des pieds.

— Espèce d'idiote, grommela-t-il, la voix sombre et grave.

— Je suis désolée pour ta motoneige, cria Dani, observant sa silhouette nue d'un œil admiratif.

Parfois, la nudité était une mauvaise chose, mais dans ce cas, il constituait un parfait exemple de virilité lupine. Et elle se réjouissait de la vision nocturne des métamorphes qui lui permettait de l'admirer.

L'homme jura doucement.

— Merde ! Tu es une femme !

Dani ricana.

— La dernière fois que j'ai vérifié, oui.

— Mais qu'est-ce que...

— Tiens, frangin. Attrape la corde.

L'autre homme revint et lança une bobine de corde à la silhouette bougonne sur la rive.

M. Ronchon la récupéra, puis se tourna vers elle en accrochant l'une des extrémités autour de sa taille.

— Nous ne te ferons pas de mal. Maintenant, attrape la corde, et je vais vous tirer, toi et ton îlot de glace, jusqu'en lieu sûr.

Oh, qu'ils étaient gentils !

— Génial.

Elle n'avait pas vraiment besoin d'aide, mais elle aimait que les gens se sentent utiles.

— Ne fais pas de mouvements brusques, l'avertit-il, sa voix glissant sur elle comme un papier de verre érotique.

Tout à coup, ses parties féminines se mirent à picoter.

La corde atterrit à portée de sa main, et Dani sourit lorsqu'elle descendit de sa motoneige et fit un pas vers le centre de son palais flottant.

— Bon travail.

— Attache-la autour de ta taille.

Pas question.

— J'ai une meilleure idée.

Elle prépara rapidement un nœud coulant, puis le passa sur les poignées de la motoneige. Elle tira pour vérifier qu'il était bien serré avant de se retourner vers le rivage.

— Voilà. Merci pour la balade, chéri.

— Mais... Attends. *Arrête !*

Dani fit un pas à l'écart du véhicule, vers le bord de l'îlot.

— Vous devriez peut-être renforcer un peu votre sécurité. Le deuxième pêne dormant de votre entrée principale est obsolète. Les gens peuvent se procurer des clés vierges sur le marché noir pour cinq dollars.

Il se redressa de toute sa hauteur et leva une main comme pour calmer un enfant.

— Ne bouge pas. Nous allons te mettre en sécurité, et je te promets qu'il ne t'arrivera rien.

Ooooh. Il s'inquiétait pour elle.

— Tu es gentil, mais je vais bien.

— Cet îlot sur lequel tu te trouves n'est pas stable, dit-il en tirant doucement, et en dépit de sa prudence, la glace oscilla. Reste en position basse, et une fois que tu seras près du rivage, je te sauverai.

Il cria quelque chose à l'autre loup par-dessus son épaule, mais Dani en avait vu assez pour savoir qu'il était temps de prendre rapidement la tangente.

Pourtant, il était mignon, ce grand loup aux yeux sombres et étincelants et à la voix bougonne. Peut-être qu'un jour leurs chemins se croiseraient à nouveau. Mais pour l'instant, elle devait se ressaisir et trouver un autre moyen d'atteindre sa sœur.

Elle retira ses bottes en s'approchant du bord de l'eau, un frisson glacial lui saisissant les orteils tandis qu'elle se débarrassait de sa veste. Elle ôta son pantalon, saisie de froid alors qu'elle s'asseyait et plongeait les chevilles dans l'eau glacée.

Son ourse poussa un cri rauque de colère, refusant d'y aller, mais il était trop tard. Elle se tourna vers la berge en se glissant sous la surface, puis elle se transforma.

La dernière chose qu'elle vit, alors que le courant la happait, fut le loup brun qui se faisait plaquer au sol avant de pouvoir bondir à sa suite.

2

———————

Cole roula loin de son frère, se remit debout et scruta frénétiquement la rivière à la recherche d'un signe de sa cible fuyante.

Lorsqu'il comprit qu'elle était partie, il se tourna vers Caden, frustré et furieux.

— Mais pourquoi tu as fait ça ?

— Oh, je ne sais pas... Peut-être parce que je ne voulais pas que mon frère se suicide ? rugit Caden, dont la colère était renforcée par son expression incrédule. Est-ce que tu as perdu la tête ?

— Elle était en train de s'enfuir.

Surpris, Caden recula. Sa colère reflua, remplacée par la curiosité.

— C'était une fille ? Intéressant.

L'inquiétude et la frustration bouillonnèrent au creux du ventre de Cole, avant d'exploser.

— Elle n'est pas intéressante. Ni pour toi, ni pour personne d'autre.

Son frère haussa un sourcil, l'air soudain méfiant.

— Ah oui ? Et... pour quelle raison ?

C'était enfin arrivé. C'était enfin arrivé, mais Cole n'avait jamais été aussi frustré de toute sa vie. Cela mettait fin à des mois et des années d'attente, car...

— C'est ma compagne, grogna-t-il.

Et elle avait disparu.

L'espace d'un instant, le vent avait transporté une bouffée d'air à travers la glace qui s'était insinuée dans son organisme, et Cole s'était senti entier pour la première fois de sa vie. Pas à cause de l'odeur d'un parfum, mais à cause d'elle. Addictive, irrésistible. C'était tout ce qu'il avait désiré, tout ce dont il avait besoin pour être complet.

Une énorme bouffée d'un arôme différent de tout ce qu'il avait senti jusqu'à présent.

Il leva son regard pour croiser celui de son frère, à peu près certain que la misère était l'expression la plus forte qui marquait son visage.

Caden lâcha la réponse qui convenait :

— Merde.

Cole prit conscience de l'air glacial sur sa peau nue et retourna à sa motoneige, enfila ses vêtements à la hâte et remit ses pieds dans ses bottes.

Son frère fit de même, revenant à ses côtés tandis qu'il observait la rivière, réfléchissant à ce qu'il allait faire ensuite.

— Non, fit Caden en secouant la tête. Tu ne vas *pas* aller la chercher maintenant.

Il avait l'impression d'être revenu à l'époque de leur adolescence, quand Caden le tirait de situations dangereuses les unes après les autres, le plus souvent provoquées par Cole qui essayait de se « préparer » à son avenir. Il se précipitait aveuglément, tête la première, avant que la maudite voix de la raison de son frère ne le rattrape et le remette dans le droit chemin.

Mais, cette fois, il était question de sa compagne. Cole était tenté de montrer les dents et de grogner. Il n'avait pas envie de se poser et réfléchir rationnellement.

Caden lui jeta un regard.

— Ne m'oblige pas à faire jouer mon droit d'aînesse avec toi.

Foutaises. Son frère avait peut-être été le plus fort d'entre eux jusqu'à présent, mais la prophétie annonçait des changements à venir.

— Je ne crois pas que tu serais en mesure de le faire, l'informa Cole.

Les yeux de son frère reflétèrent momentanément une certaine stupeur avant qu'il ne se ressaisisse, un lent sourire ourlant ses lèvres.

— Ce n'est pas parce que tu l'as rencontrée que tu es déjà accouplé. Et jusqu'à ce que cela se produise, *Prince Cole*, tu n'es qu'un membre de la famille royale en devenir.

— Ne m'appelle pas comme ça, répondit instinctivement Cole à cette taquinerie qui datait de leur enfance.

Il réalisa ensuite que cette histoire de prince faisait partie de la prophétie. Et si une partie se réalisait, peut-être que d'autres répercussions folles allaient se présenter.

— Et pour quelle raison ne devrais-je pas la poursuivre ?

— Tu peux, mais pas tout de suite. N'y va pas sans un plan, lui dit Caden.

Son frère lui tourna le dos et se dirigea vers sa luge, démarra le moteur et se dirigea vers la ville sans un mot de plus. Comme s'il était persuadé que Cole se servirait du peu de bon sens qui subsistait en son loup et qu'il prendrait la bonne décision.

Cela faillit le tuer, mais il enfourcha la seconde

motoneige et le suivit. Toutefois, il mit son casque pour dire quelques mots choisis sur la question.

— Je fais ça contre mon gré, déclara-t-il, car il voulait que les choses soient claires.

— Compris. Mais si tu as rencontré ta compagne, cela signifie qu'un tas d'autres choses pourraient évoluer dans les temps à venir, ce qui veut dire qu'il faut que je retourne en ville. Nous avons également des clients à contacter : nous nous sommes engagés à les guider et à les protéger, et nous avons fait du très mauvais boulot dans les deux cas.

— Ce n'est pas notre faute. Et honnêtement, ils étaient en sécurité. Elle ne leur aurait pas fait de mal.

— Oh, et tu le sais grâce à ce lien magique de compagnons qui ne devrait pas encore exister ?

Cole soupira.

— Enfoiré.

Caden laissa échapper un petit rire.

— Je suis ravi pour toi, mais ne te précipite pas. Si je ne t'ai pas laissé la poursuivre, c'est en partie parce que j'ai vu un éclair blanc. Si c'est une ourse polaire, tu ne voudras pas te frotter à elle dans l'eau.

— Ce n'était pas une ourse polaire.

— Un éclair blanc, frangin... C'est tout ce que je dis. Mieux vaut choisir un meilleur endroit pour vous battre que dans l'eau.

Son frère était têtu comme une mule. Têtu comme Cole lui-même.

Ils allaient devoir changer de sujet avant que le loup de Cole ne décide de prendre les choses en main et de se transformer pour partir à la recherche de sa compagne.

— Balayage du périmètre ?

— Plusieurs. Et comme de toute évidence, ils sont entrés

dans le magasin, nous aurons une odeur. Je ne veux pas aller parler à nos clients sans aucune réponse.

Cole n'avait besoin que d'une réponse, et c'était de savoir pourquoi sa compagne s'était enfuie loin de lui.

— Je *vais* partir à sa recherche.

Caden le rassura en lui affirmant qu'il y croyait dur comme fer, puis il mit fin à la conversation.

Ils travaillèrent en silence pendant qu'ils faisaient le tour de la ville, et son corps se raidit comme s'il avait été frappé avec un aiguillon à bétail lorsqu'il perçut une nouvelle bouffée de cette odeur séduisante. *Elle*, sa compagne.

Notre compagne, insista son loup.

Il leur fallut un petit moment pour s'assurer qu'il n'y avait que les deux odeurs, celle de sa compagne, et celle d'un second inconnu. Enfin satisfaits, Caden et lui repartirent vers le centre-ville et rentrèrent à la boutique.

Son frère s'arrêta pour examiner la porte et le système de sécurité, sifflant doucement.

— Tu sais quoi ? Elle a raison. Le verrou du milieu est parfaitement inutile.

Génial. Non seulement sa compagne était une voleuse, mais elle était expérimentée dans ce domaine. Suffisamment pour identifier le maillon faible de leur système de sécurité. Cole alla directement dans le coin de la boutique où se trouvaient les stocks d'urgence, rassemblant de quoi manger et son équipement à la hâte dans un sac.

— Respire à fond, et reprends-toi, lui dit sèchement Caden.

Maudite logique. Cole ferma les yeux et compta jusqu'à dix. Cela laissait le temps à son loup de se tortiller sous sa peau comme l'animal sauvage qu'il était. Lorsqu'ils se calmèrent tous les deux, il sut que son frère avait raison.

Cette situation était pourrie, mais il y avait de bonnes choses sur lesquelles se focaliser. Par exemple, il savait que sa compagne était là, vraiment là, elle n'était pas qu'une vague notion. Elle était réelle et tangible, et s'il avait son mot à dire, elle serait dans ses bras avant la fin de la semaine.

Avant la fin de la journée, si possible, même si c'était un peu exagéré vu le peu d'heures qu'il restait avant minuit.

Il enfila un manteau plus épais et ses bottes de voyage.

— Je vais prendre l'une des motoneiges. Je traverserai la rivière, puis je remonterai et descendrai le courant jusqu'à ce que je détecte une odeur.

— Bonne idée, répondit Caden en lui posant une main sur l'épaule, l'interrompant en chemin vers les véhicules. Tu partiras juste après être venu avec moi pour parler à nos clients. On m'a dit qu'ils s'étaient éclipsés au Théâtre des aurores boréales pour manger un morceau.

— Je m'en fous, je suis...

Caden était assez fort pour que son air renfrogné interrompe Cole. Pourtant, l'équilibre entre eux était fluctuant. Mouvant.

Le basculement de pouvoir provoqua une étrange sensation, et Cole vit que Caden passait lui aussi par de nouvelles émotions.

— Je ne suis pas en train de te donner un ordre, dit son frère d'un ton doux. Je crois que tu devrais venir avec moi. Nous devons parler à Nadia. Voyons si elle a des conseils ou des mises en garde à formuler.

— Nadia n'est pas mon alpha, rétorqua Cole.

— Et tu sais très bien que je ne suis plus ton Alpha non plus.

Le nouvel ordre entre eux planait, comme un orage menaçant de s'abattre.

— Viens avec moi. Tu seras parti dans moins d'une heure avec ma bénédiction, affirma Caden en le poussant fermement vers la porte. Nous allons discuter, je trouverai une excuse quelconque sur le fait qu'il faut que tu te nourrisses, et tu pourras t'en aller. Et nous ne dirons pas un mot sur le fait que l'un des intrus est ta compagne.

Cole s'efforça de marcher, alors qu'il brûlait de faire demi-tour et de se diriger vers la rivière. Ils étaient à deux pas des portes d'entrée de TAB lorsque la propriétaire, Nadia, se glissa devant lui.

La lynx métamorphe était minuscule ; mignonne, certes, mais elle n'était finalement pas grand-chose. Pas de griffes impressionnantes, pas de crocs, elle ne dégageait aucune force.

Pas à cet instant, en tout cas. Elle était comme une bombe furtive. Discrète et silencieuse, mais suffisamment puissante pour faire ramper Cole si elle le voulait.

— Vous allez quelque part ? demanda-t-elle. Mince, Cole. Tu m'as l'air un tantinet... froissé.

Cole soupira.

— Tu vas vraiment nous obliger à faire ça ? Maintenant ?

Elle lui sourit.

— Non. Je vais être gentille. Je voulais juste te souhaiter une bonne chasse.

Comment faisait-elle ?

— Tu sais, les gens t'apprécieraient plus si tu ne faisais pas des trucs flippants qui donnent l'impression que tu lis dans nos pensées, marmonna Caden, visiblement aussi frustré que Cole.

— Les gens m'aiment beaucoup, insista Nadia. N'est-ce pas, Martin ?

Le videur et garde du corps massif qui la suivait comme

son ombre s'avança dans la lumière. Le gigantesque ours brun métamorphe était aussi grand qu'un camion, mais il rappelait davantage à Cole un chiot, doux et soucieux de plaire, du moins en ce qui concernait Nadia.

Ses cheveux bruns se dressaient en touffes indisciplinées, comme s'il venait de se passer les mains dedans pour la énième fois.

— Je t'aime beaucoup.

Cole ricana. Le grand gaillard s'était entiché de la petite lynx.

— Oh, nous t'aimons tous beaucoup. Mais tu fais des trucs étranges, c'est tout ce qu'on dit, Nadia. Martin, elle est flippante, non ?

Ce dernier hésita assez longtemps pour que Nadia pose ses yeux bleus sur lui, bouche bée, comme si elle était choquée.

— *Martin !*

— Tu es effectivement flippante parfois, admit le grand homme d'un ton doux. Mais je t'aime beaucoup quand même.

— Oh, je t'aime beaucoup aussi. Mais je ne suis pas flippante, insista-t-elle.

Cole leva les yeux au ciel. C'était déjà assez compliqué de gérer ces deux-là quand il n'avait rien d'urgent sur son planning.

— Si vous n'y voyez pas d'inconvénient, je prendrai des billets pour une prochaine représentation de ce spectacle de la société d'admiration mutuelle. En attendant, je pars à la recherche de nos mystérieux invités.

Nadia agita la main d'un geste royal.

— Amuse-toi bien, Prince Col...

— Ne m'appelle pas comme ça ! rétorqua sèchement l'intéressé.

Merde !

— C'est exactement de cela que je parlais. Je suis presque certain de ne jamais t'avoir parlé de cette... *situation*.

— Vraiment ? demanda Nadia avec une grimace. D'accord. Nous pourrons en discuter plus longuement quand tu seras de retour.

Caden prit cela comme une invitation à partir, mais alors que son frère s'éloignait, Cole ne put s'empêcher de poser la question. Peut-être que grâce à ses conseils occultes, il pourrait se faire une idée de ce qui se passait. Certes, cette femme n'était pas une mystique, mais elle n'était pas tout à fait normale non plus.

— Nadia, tu sais à quoi j'ai affaire ? Des indices ?

Son enthousiasme radieux faiblit. Elle se concentra fort avant de secouer la tête.

— Je suis désolée, Cole. Si j'avais quelque chose à te dire, je le ferais. Pour l'instant, je ne vois qu'un océan de brouillard et de confusion. Tout ce que je sais, c'est qu'il s'agit de quelque chose de plus important pour toi que simplement chercher des intrus lambda.

Il redressa les épaules.

— Oui.

Nadia lui fit un geste encourageant.

— Tu peux le faire.

— Est-ce que c'est la super-omega de Chicken qui parle ?

Elle ricana.

— C'est la lynx qui t'a vu participer à bien trop de bagarres dans les bars. Tu n'abandonnes jamais, espèce de crétin. Je sais qu'une fois que tu as une idée en tête, tu fais en sorte que ça fonctionne. Je plains les gens que tu poursuis, parce que tu vas les retrouver.

Elle se pencha et lui tint les bras un instant. Il s'inclina pour qu'elle puisse déposer un baiser sur sa joue, comme pour lui donner sa bénédiction.

Lorsqu'il se redressa, il vit deux paires d'yeux qui l'observaient. Le regard de Nadia était encourageant, celui de Martin reflétait une pointe de jalousie, et une grande frustration. Il n'en fallut pas plus pour que Cole entre dans le pub d'un pas plus léger. Il allait trouver sa compagne. Et Martin ? Il en pinçait pour la petite lynx.

Hmm. Ces connaissances étaient passionnantes.

Il garda son sang-froid pendant la réunion avec leurs clients, la femme aux cheveux noirs et son grand ours protecteur, jurant qu'il retrouverait les intrus, mais son esprit n'était pas entièrement à la discussion.

Comme promis, ni Caden ni lui ne dirent un mot sur le fait qu'il soupçonnait qu'un des intrus était sa compagne. Et lorsque son frère lui fit un signe de tête, Cole s'esquiva, fuyant le sanctuaire du Théâtre des aurores boréales. Il avait des projets et un objectif.

Chercher sa compagne.

Elle est à nous.

Dani se hissa sur la glace, sans prendre la peine de se transformer à nouveau, car il lui était tout aussi facile de circuler sous sa forme d'ourse. Plus facile, en fait. Avec son manque de timing flagrant, la seule chose qui restait de son équipement était le kit d'urgence extensible qu'elle avait attaché autour de son poignet.

C'était elle qui l'avait créé. Le tissu était suffisamment souple pour survivre au transfert vers la taille animale tout en conservant l'élasticité nécessaire pour revenir à sa forme humaine. Les vêtements survivaient rarement à la transformation.

Le petit transmetteur qu'elle avait fixé à l'extérieur brillait d'un rouge intense. Sa partenaire devait être hors de portée : la lumière incandescente était censée clignoter si Michele se trouvait dans un rayon suffisant.

Dani frotta ses pattes avant de se diriger vers les arbres voisins. L'autre femme était une traqueuse compétente. Elle la rejoindrait au point de rendez-vous quand elle le pourrait. Même si leur rencontre remontait à quelques jours seulement, leur entraînement individuel au fil des ans devait leur permettre de prendre soin d'elles-mêmes. Dani le pouvait sans problème.

Elle avait également en tête les cartes qu'elle avait consultées avant l'opération et se dirigeait à présent vers l'abri le plus proche.

Il lui fallut six heures avant de déboucher sur une clairière et d'apercevoir la silhouette robuste d'une jolie petite cabane. Les étoiles brillaient au firmament et l'air était devenu glacial. Dani alla jusqu'à la porte de la cabane et l'examina attentivement avant de se préparer à se transformer. Elle n'avait pas envie de rester longtemps nue dans le froid, mais jusqu'à présent, elle n'avait pas encore trouvé comment se servir de ses pattes d'ours comme d'un outil de crochetage de serrure.

Elle allait donc devoir s'atteler à la tâche sous sa forme humaine, et surtout, pieds nus.

Elle travailla aussi vite que possible, mais elle était tout de même secouée de tremblements violents lorsqu'elle entra dans la cabane et referma la porte sur le vent glacial.

À première vue, cela faisait des années qu'elle n'avait pas été utilisée, mais il y avait du bois sec et des brindilles près du poêle à bois. Elle ouvrit le coffre au pied du lit et se couvrit avec la première chose qu'elle trouva pendant qu'elle allumait le feu et les lanternes à huile.

La chaleur envahit lentement la cabane. Dani sauta sur place cinquante fois pour se réchauffer, puis se précipita à nouveau sur le coffre à la recherche de la réserve de vêtements que l'on trouvait toujours dans ce genre d'endroit.

Cependant, ce qu'elle trouva était bien mieux que des vêtements.

— Merci, Saint patron de l'hospitalité.

Elle brandit une poignée de barres chocolatées vers le ciel avant d'attraper un sweat-shirt trop grand et de le passer par-dessus sa tête.

Le pantalon de survêtement qu'elle trouva était trois fois trop large. Elle haussa les épaules. Elle n'allait pas faire la fine bouche. Elle tira sur les cordons pour l'attacher autour de sa taille, puis enfila un autre énorme sweat à capuche.

Après l'excitation de la journée, elle n'avait pas l'intention d'aller où que ce soit pendant un certain temps. Elle descendit donc le matelas de l'endroit où il avait été entreposé, suspendu en l'air pour décourager les petites créatures de construire des nids. Elle trouva des draps dans le coffre et elle fit le lit. Elle avait hâte de s'y lover pour la nuit.

Mais d'abord, elle avait du travail.

Dani prit la chaise près du feu, laissant la chaleur sèche l'envelopper tandis qu'elle approchait la radio transistor. Elle était presque prête : il manquait juste quelques composants qu'elle avait à sa ceinture pour terminer les connexions. C'était un travail fastidieux, et elle dut improviser lorsqu'il s'avéra qu'une pièce s'était cassée pendant sa baignade. Pourtant, moins de quarante-cinq minutes plus tard, elle faisait fonctionner la radio.

Elle régla la fréquence et écouta les parasites se muer en un faible bourdonnement.

Il était temps de l'essayer. Elle actionna le niveau et se pencha vers le micro.

— Delta Novembre à Charlie Alpha.

Un faible bourdonnement lui répondit, avec une fréquence légèrement plus élevée. Dani ajusta les paramètres de son haut-parleur et retenta.

— Delta Novembre à Charlie Alpha, réponds, s'il te plaît.

— Ici Charlie Alpha. Hé, ma belle, qu'est-ce qui se passe ?

Dani sourit. Elle n'avait jamais rencontré l'autre femme, mais elles s'étaient parlé un million de fois au fil des ans, et elle la considérait comme une amie.

— Dis donc, ce n'est absolument pas le bon jargon ! C'est toi, Erika ?

— Évidemment ! Mission accomplie ?

Bon sang, elle détestait l'admettre !

— Négatif. Objectif non atteint. M et moi avons été séparées. Tu as eu de ses nouvelles ?

— Pas encore. Tu as besoin de plus de renforts ? Quelle est ta situation ?

Elle balaya du regard la cabane confortable. Elle n'était pas à plaindre, mis à part qu'elle n'avait pas pu déterminer avec certitude si sa sœur allait bien et qu'elle avait perdu sa partenaire. Ainsi que le fait qu'elle avait été pourchassée par un loup sauvage... D'accord, il ne l'était sans doute pas, et si c'était le cas, il était très, très beau pour une créature féroce...

Hmm, la simple évocation de ce loup grognon suffisait à

lui inspirer des pensées joyeuses. En fait, la vie était plutôt agréable.

Seulement, elle doutait que ces deux choses lui permettraient de remporter le prix du meilleur espion de l'année. Le seul moyen d'y parvenir était d'avancer à grande vitesse.

— Négatif pour le renfort. Je vais faire une nouvelle tentative pour contacter ma cible. Peux-tu dire à Charlene que... j'ai besoin d'un peu plus de temps ?

— Hmm...

— S'il te plaît ? Gagne-moi un peu de temps. Je ne veux pas qu'elle sache que j'ai merdé. Je suis tellement proche. Je suis sûre que je peux y retourner en douce et...

Une voix totalement différente se fit entendre sur la ligne.

— Je n'ai pas l'habitude d'accepter des demi-vérités de la part de mes agents.

Merde. C'était Charlene.

— Non, m'dame. Je ne voulais pas vraiment parler de gagner du temps, j'ai juste besoin de quelques jours supplémentaires, et je suis sûre que j'obtiendrai les informations dont j'ai besoin.

Le ton sévère et désapprobateur s'accentua :

— Tu comptes simplement débarquer là-bas, recrue ?

Oh, bon sang.

— Non, m'dame. En fait, oui, m'dame.

Un petit rire se fit entendre.

— D'accord, D. Je vous accorde une dernière tentative à toi et ta partenaire. Vous avez une semaine, mais j'attends un rapport d'ici là. J'ai besoin que tu sois affûtée et prête à tout, alors libère-toi de ça une fois pour toutes.

— Oui, m'dame. Je vais le faire. Et merci, m'dame.

Le silence retomba pendant un moment. Dani

s'apprêtait à éteindre la radio lorsqu'elle se remit à crépiter. Elle entendit un chuchotis.

— D ?

C'était Erika.

— Merci de m'avoir livrée en pâture aux lions.

— Désolée. Charlene est arrivée en douce, et je me suis retrouvée immobilisée par une clé de cou, une main sur ma bouche, sans pouvoir t'avertir de te taire. Je ne m'attendais pas à ce qu'elle se balade par ici à presque minuit.

Dani imaginait sans mal la situation.

— C'est bon. J'ai entendu dire que Charlene était parfois effrayante.

— À qui le dis-tu ! Je vis ici, moi ! Une minute, je suis en train de m'occuper de mes affaires et l'instant d'après, elle est dans la pièce, à me fixer du regard comme si elle préparait des plans diaboliques.

Dani ne savait même pas où se trouvait le *ici*. L'abri secret de l'organisation secrète était... eh bien, il était secret.

— Il faut qu'on trouve un code.

Elle entendit un ricanement à l'autre bout de la ligne.

— Bien sûr. Pourquoi pas : un pour la voie terrestre, deux pour la voie maritime et trois pour la voie aérienne ?

Toutes deux éclatèrent de rire.

— Bonne chance, lui dit Erika. Je dois y aller.

— Bonne nuit, répondit Dani avant de déconnecter.

L'obscurité s'était bel et bien installée dans la cabane, mais la chaleur y régnait. Avant le matin, le feu se serait éteint et la pièce se serait refroidie. Mais en attendant, Dani se promenait et explorait son royaume confortable de quatre mètres sur quatre. Elle trouva du café dans une boîte et de la nourriture dans un autre coffre scellé, et se prépara un rapide en-cas avant de tout ranger à l'abri des petites créatures de la forêt qu'elle sentait cachées dans les recoins de la cabane.

Ensuite, elle se glissa dans le lit, se sentant un peu plus seule que prévu. Surtout lorsqu'elle réalisa quel jour on était. Ou quel jour était passé, puisqu'il était plus de minuit. Avec toute l'excitation de la traque de celle qui était peut-être sa sœur, puis de la poursuite, elle avait totalement oublié que la veille, c'était son anniversaire.

Elle était trop confortablement installée pour sortir du lit et prendre un morceau de chocolat en guise de gâteau, alors elle regarda le feu dans le poêle étanche et se chanta à elle-même un joyeux anniversaire.

Lorsqu'elle se réveilla, le ciel était nuageux et la cabane toujours vide ; elle se sentit encore plus seule.

Au cours des deux jours suivants, Dani arpenta le territoire autour de la petite cabane, se tournant les pouces en attendant l'arrivée de Michele. Il était tentant d'ignorer l'ordre de Charlene et de retourner à Chicken par ses propres moyens, mais c'était déjà bien assez de s'être trompée une fois. Elle avait beau vouloir percer le mystère qui entourait sa sœur, il n'était pas question de commettre une nouvelle erreur.

Non. S'ennuyer, c'était bien. Dani inspecta les environs et grimpa aux arbres. Elle visita le cabanon de stockage et la cabane de douche et, finalement, comme elle s'ennuyait tellement qu'elle était prête à escalader les murs, elle le fit. À l'extérieur de la cabane.

C'était un bon entraînement, surtout lorsque le vent se leva et que le mauvais temps s'installa.

Elle avait hâte de passer à l'étape suivante. Les missions et le travail impliquaient généralement de faire partie d'une équipe, et c'était ce que Dani voulait. Elle aimait que l'on ait besoin d'elle, et elle aimait travailler en groupe. Et un jour, elle aimerait faire partie d'un duo, c'est-à-dire qu'elle aimerait avoir un homme stable dans sa vie. Mais elle avait tellement d'autres choses à vivre avant de s'installer !

Étrange. Sa sœur aînée, la personne qu'elle espérait suivre, s'était mariée jeune. Sa petite sœur, Suzanna, parlait aussi sans cesse de rencontrer et d'épouser l'être cher. Dani, quant à elle, voulait un chéri, mais elle ne voulait pas se poser. Pas encore. Pas avant très, très, très longtemps.

Très longtemps.

Elle hocha fermement la tête, puis ramena les couvertures sous son menton et se laissa bercer par les petits bruits à l'extérieur de la cabane. Après des jours de solitude, le vent dans les arbres et le bruit de la rivière au loin étaient devenus une berceuse. L'extérieur, essayant d'entrer. Familier, et pourtant pas.

Lorsque Dani ouvrit les yeux, elle aperçut un rai de lumière à l'est, tandis que le reste de la cabane restait plongé dans le noir. La lumière du feu s'échappait du poêle à bois. Elle sortit le nez dans le froid, et frissonna un moment sous les couvertures.

Qu'est-ce que c'était ?

Un grattement. Un léger bruit provenant d'un coin du toit, puis de l'autre, un craquement discret provenant de la façade de la cabane.

Une branche contre la fenêtre ?

Un autre grattement.

Ah... une souris, peut-être ?

Le bruit était faible, à peine audible, mais elle ne pouvait plus dormir, maintenant.

Dani sortit du lit en se tortillant, enfila rapidement l'énorme sweat à capuche pour se protéger du froid et, pieds nus, traversa la pièce en silence pour jeter un coup d'œil par la fenêtre et tenter d'apercevoir son petit visiteur à fourrure.

Rien.

Elle posa sans bruit ses doigts sur le loquet de la porte, qu'elle serra lentement, avant de lentement tirer la porte vers elle…

La lourde planche de bois passa devant elle et, dans l'obscurité, une silhouette se dessina. Des mains la saisirent par les épaules et la soulevèrent, la faisant tourner à cent quatre-vingts degrés. Elles la plaquèrent fermement contre la porte qui avait claqué si violemment contre le mur que le cadre en bois ne tenait plus que par un gond.

Elle essaya de lever ses genoux. En vain.

Elle tenta de se détendre pour pouvoir se libérer de l'emprise, de *tout faire* pour s'échapper, mais c'était comme si elle était maintenue en place par un champ de force mental façon Dark Vador.

Dani ne pouvait pas bouger, mais le visage sombre de son ravisseur se rapprocha d'elle, s'arrêtant à quelques centimètres. Celui de l'homme robuste qu'elle avait laissé au bord de la rivière trois jours plus tôt, et qui arborait une expression intense et indéchiffrable.

Oh.

— Tu n'es pas une souris.

Il recula, et elle ne vit plus qu'une bouche qui montrait les crocs.

3

______

Cole la tenait prisonnière, sa lutte à peine perceptible alors qu'il pressait chaque centimètre de son corps contre le sien et l'écrasait contre la porte en bois. Il passait un sacré bon moment.

Son objectif avait été de la retrouver le plus rapidement possible, mais visiblement, l'univers avait d'autres intentions.

Assez loin de la ville pour ne plus capter le réseau téléphonique, il avait croisé une famille de cinq personnes randonnant à pied pour rejoindre Chicken. Ils avaient abandonné leur véhicule en panne sur le bord de la route. Cole ne pouvait pas laisser cette femme et ses jeunes enfants dans l'obscurité et le froid : il avait donc fait rapidement le trajet pour les ramener en ville.

Ce fut la première interruption d'une bonne douzaine, et lorsqu'il était arrivé au bord de la rivière près de douze heures plus tard, le mauvais temps croissant avait presque réduit à néant toutes les odeurs de sa proie.

Il avait dormi par intermittence quand il le pouvait,

mettant une nouvelle fois sa quête en pause lorsqu'il avait trouvé une adolescente lynx métamorphe qui se cachait de la tempête dans un appentis délabré. Escorter la fugueuse jusqu'à son domicile lui avait pris une journée entière... mais qu'aurait-il pu faire d'autre ? La laisser dans le froid alors qu'elle n'avait qu'un sac à dos rempli d'appareils électroniques inutiles ?

Il était trempé, affamé et carrément énervé le matin où il arriva à la clairière où se trouvait la jolie petite cabane qui abritait sa proie, toute chaude, avec un feu et des équipements tels qu'un foutu toit.

Eh oui. Il avait eu froid, il avait eu faim, il avait été en colère...

Et maintenant, collé contre elle ? Il était instantanément excité. *Merde.*

Dans cette position, on voyait très bien de quel sexe elle était. Elle était petite, mais plantureuse, et ses seins camouflés sous la masse de son pull-over se pressaient contre son torse avec suffisamment de force pour qu'il soit parfaitement conscient qu'elle était une femme.

Sa compagne ?

Il était impossible de résister à la tentation. Il descendit son visage dans le creux de son cou et inspira profondément.

Un énorme frisson secoua son petit corps.

— Ne me fais pas de mal, le supplia-t-elle. Ne me mords pas.

La peur rendait sa voix rauque, et sa panique fut presque suffisante pour qu'il relâche son emprise.

Presque...

Son instinct lui indiqua que cette voix était une ruse, car, en dehors du frémissement initial, rien dans son corps n'indiquait qu'elle était terrifiée. Au lieu de cela, elle avait profité du mouvement pour desserrer son emprise et elle était à présent tendue comme un combattant qui attendait de déclencher un piège.

— Ne me tente pas, grogna-t-il.

La mordre. Bon sang, rien que cette idée faisait réagir son corps.

— Si j'en ai envie, je le ferai.

Pendant une fraction de seconde, elle maintint son rôle avant de faire un bruit grossier.

— Ta réponse était plutôt bonne, avoua-t-elle. Très bourrue et effrayante. Tu gagnes ce tour. Maintenant, crois-tu que tu pourrais me reposer, monsieur Souris ?

Mais de quoi parlait-elle ?

— *Souris ?*

Il ne bougea pas.

Elle le regarda, observant attentivement son visage. En réalité, il ne voyait que le bout de son nez, et une lueur dans ses yeux. La grande capuche dissimulait le reste de son visage dans l'ombre, mais le nez de Cole lui avait déjà dit tout ce qu'il avait besoin de savoir...

Sa compagne.

Elle secoua légèrement la tête.

— D'accord, tu es plus grand qu'une souris ordinaire. Cela explique pourquoi tu faisais plus de bruit que ce à quoi je m'attendais. Mais nous pourrions avoir une discussion normale, comme des êtres humains. Il y a une table en parfait état là-bas, avec des chaises.

Cole refusait de la laisser partir. Il lui avait fallu trop d'énergie pour la trouver, sans compter qu'il appréciait d'être pressé contre elle.

— Nous ne sommes pas humains, souligna-t-il.

Un soupir exaspéré lui échappa avant que toute sa tension ne s'envole, la laissant presque inerte dans ses bras.

— Tu gagnes. Oh, tu as sauvé la motoneige ? Je suis vraiment désolée pour ça. C'était une bonne motoneige. Je me suis amusée à la conduire.

Cole ignora sa question.

— Pourquoi l'as-tu volée ?

— Une mauvaise habitude ? Une envie de faire un tour ?

Il attendit.

Elle inclina la tête sur le côté et fit un nouvel essai.

— Je suis une cliente anonyme ? Je fais une analyse consommateur pour la marque qui les commercialise ?

Il patienta encore.

Elle dégagea un bras, plaçant son coude sur l'épaule de Cole pour pouvoir poser son menton sur sa main.

— Tu es vraiment fort pour être capable de me tenir aussi longtemps, mais pourrais-tu me reposer ?

— Tu t'es enfuie.

— Effectivement, répondit-elle lentement. Et si je te promettais de ne pas m'enfuir de la cabane ?

Il réfléchit. Il sentait la vérité dans ses mots, et il relâcha sa prise à contrecœur, car l'avoir contre lui était une sensation merveilleuse.

Lorsqu'elle glissa le long de son corps, frôlant son désir grandissant jusqu'à ce que ses pieds touchent le sol, ce fut une véritable torture.

Ils se tenaient dans l'embrasure de la porte, sans que rien ne sépare sa proie du monde extérieur. Elle jeta un regard vers la liberté, puis se retourna et se rapprocha rapidement de la table, allumant une lampe avant de s'asseoir sur une chaise, les jambes recroquevillées sous elle.

Cole referma la porte de force, se servant du loquet pour maintenir la charnière cassée en place.

Il contourna la table au lieu de s'asseoir près d'elle. La tentation de la toucher aurait été bien trop forte pour qu'il puisse y résister si elle avait été à portée de main.

— Qui es-tu et que faisais-tu avec ma motoneige ? demanda-t-il.

— Je pense qu'il serait plus juste que si je réponds à une question, tu en fasses autant pour moi.

Il laissa tomber sa chaise entre elle et la porte.

— Ce n'est pas une conversation.

Elle tapota sur la table.

— J'ai besoin de savoir. La femme brune avec qui tu étais, toute petite, elle s'est changée en ours blanc. Comment s'appelle-t-elle ?

Cole se redressa.

— Je ne parlerai pas des personnes que je protège avec la personne qui les harcèle, si ça ne te dérange pas. Maintenant, dis-moi *ton* nom.

Il se pencha en prononçant le dernier mot, le nez à quelques centimètres d'elle à nouveau. Elle inclina la tête, et son dos se raidit.

Tout ceci était en train de rendre fou son loup. Sa bête n'avait qu'une envie, l'attraper, la dépouiller du tas de tissu sous lequel elle se cachait, et la faire sienne. Il n'était pas certain qu'ils aient besoin d'aller jusqu'au lit qui devait être à un mètre cinquante d'eux.

Il était sur le point de craquer lorsqu'elle hocha rapidement la tête.

— Je m'appelle Danielle, mais tu peux m'appeler Dani. Je viens de l'île de Kodiak et je suis à la recherche de ma sœur. C'est un ours fantôme, et je crois l'avoir vue courir avec toi. J'ai besoin de lui parler.

Encore une fois, c'était la vérité. Son nez ne mentait pas, et elle non plus. Cole ne voulait pas lui faire confiance, mais il en avait désespérément besoin, car à ce stade, il était presque certain qu'elle était sa compagne. Son loup faisait les cent pas en lui, comme s'il avait mangé tout un tas d'ailes de poulet brûlantes sans respirer.

Ils étaient assez proches pour que leurs genoux se touchent, et un frisson glissa sur sa peau tandis que son loup rugissait dans sa tête.

Cole se ressaisit tout en cédant au besoin de la toucher. Il posa une main sur son genou nu, la chaleur s'insinuant dans sa paume.

— Retire ce sweat à capuche, et laisse-moi voir ton visage. Si vous êtes sœurs, tu devrais lui ressembler, non ?

À sa plus grande surprise, et pour sa plus grande joie, Dani lui obéit. Ses mains se levèrent pour attraper le tissu et le repousser vers l'arrière, la lumière de la lanterne projetant une lueur dorée sur elle.

Des pommettes hautes, des yeux brillants aux reflets couleur whisky. Son nez et ses joues étaient couverts de taches de rousseur qui ne semblaient pas s'harmoniser avec le reste de son teint. Des lèvres généreuses et pleines. Magnifique, mais...

Jeune.

Oh, bon sang. Il s'était imaginé que sa compagne aurait à peu près son âge. Que ce serait quelqu'un d'assez âgé et expérimenté dans la vie pour que se faire retirer son libre arbitre ne soit pas...

Certes, cette histoire d'enfant du destin ne cesserait jamais d'être énorme, mais pour quelqu'un d'aussi jeune ? La prophétie était sur le point de la ravager.

Le cœur de Cole se serra, et il étouffa son attirance sexuelle d'un poing d'acier.

~

Dani était tentée de lever les yeux au ciel, résistant seulement parce qu'elle en avait appris assez au fil des ans pour savoir que ce n'était pas une bonne idée d'embêter les loups dominants. Pourtant, elle pouvait presque lire dans ses pensées. Il avait frémi, il était pratiquement fou de rage, mais dès qu'il avait vu son visage, il y avait mis un terme. Il craignait sûrement que sa puissante frustration n'effraie la « pauvre petite fille ».

Pfff. Les gens la traitaient ainsi tout le temps, et elle en avait *assez*.

Qu'est-ce que cela pouvait bien faire si elle avait l'air jeune ? Elle s'était entraînée dur dans les domaines où elle voulait être performante, comme l'autodéfense et l'espionnage. En fait, se faufiler partout était sa spécialité, et elle en avait fait une profession. Son apparence innocente pouvait aider à atteindre l'objectif fixé. Le fait d'être *sous-estimée* pouvait l'aider.

Mais pour une raison qu'elle ignorait, savoir que cet homme, ce loup en face d'elle, était lui aussi prêt à se tromper sur son compte la dérangeait.

Elle pointa son propre visage du doigt.

— Sœurs. Tu me crois, maintenant ?

Il avait retiré sa main de sa cuisse et frottait sa paume contre sa jambe, comme s'il essayait de chasser des insectes ou quelque chose du genre. Il leva ses yeux sombres vers les siens, les épaules tendues.

— Peut-être.

— Mince, tu joues très bien le rôle de l'homme mystérieux. Je vais devoir t'arracher les mots un par un, n'est-ce pas ?

Elle poussa un soupir dramatique et s'adossa à sa chaise,

tâchant de ne pas se sentir encore plus blessée en le voyant continuer à reculer, croisant les bras sur son large torse.

Elle le regarda lentement, réfléchissant à ce qu'elle allait faire.

Son visage avait la structure classique d'une star de cinéma : des sourcils sombres, une expression hantée, comme s'il réfléchissait intensément à la manière de sauver le monde. Son corps musclé et massif était étoffé à tous les bons endroits, comme ses biceps et son torse, se rétrécissant à la taille pour laisser place à des hanches fines, et elle avait vraiment envie de glisser ses mains dans ses poches arrière avant de se frotter à lui.

Si elle avait un type, c'était lui.

Il avait le menton couvert d'une légère barbe, et elle était tentée de tendre la main pour voir si elle était douce ou rugueuse. Elle n'avait pas rencontré beaucoup de métamorphes qui avaient des poils sur le visage.

Intrigant.

Il recula légèrement.

— Qu'est-ce que tu fais ?

Oups. Elle s'était avancée sur le siège en bois dur, une main levée vers son visage. C'était trop amusant pour qu'elle puisse résister.

— Attends. Tu as quelque chose juste ici...

Elle frôla son menton et sa joue avec sa main. *Hmm, intéressant.* C'était une combinaison de doux et de rugueux. Elle se demanda ce qu'elle ressentirait s'il la frottait sur sa peau... surtout entre ses jambes. De vilaines pensées lui traversèrent l'esprit.

Il se précipita en arrière, la chaise tombant derrière lui alors qu'il se levait.

— Ne fais pas ça.

Cette douleur aiguë au creux de sa poitrine n'était pas

familière, mais elle était puissante. Elle avait l'habitude d'être sous-estimée.

Mais qu'on la fuie comme si elle était une sorte de monstre ?

Dani se défendit avec un sarcasme, croisant les bras malgré elle.

— Je voulais voir ce que cela faisait. Je n'allais pas te faire de mal.

— Bien sûr que non. Tu es une fille douce et innocente, tu ne peux pas me faire de mal.

La fureur l'envahit, sortie de nulle part. *Douce et innocente ?*

Qu'il aille se faire voir.

Dani se leva d'un bond.

— Retire ça.

Il semblait confus.

— Tu *peux* me faire du mal ?

Elle avait envie de taper du pied par terre, mais elle n'en fit rien.

— Je ne suis *pas* douce et innocente.

En tout cas, pas la partie douce. L'innocence, c'était un tout autre sujet, suivant la définition que l'on en donnait.

— Mais qu'est-ce qui ne va pas chez toi ? Va-t'en ! J'étais là la première, et je n'ai pas envie de partager la cabane.

Plus elle parlait, plus elle se sentait à l'aise, jusqu'à en être furieuse. Elle releva le menton.

— Tu as récupéré ta motoneige, donc il n'y a pas mort d'homme. Je n'ai fait de mal à personne, et je n'ai rien abîmé, donc j'aimerais que tu partes. *Maintenant.*

Elle instilla toute la fougue possible dans son ordre, et il ne broncha même pas. Il se tenait simplement là et la regardait fixement, tout aussi frustré et énervé. Toute cette situation était à la limite d'un territoire dangereux.

Jusqu'à ce qu'elle remarque qu'il se tenait exactement dans la même position qu'elle. Les pieds écartés, les poings plantés sur les hanches. Légèrement penchés vers l'avant tandis qu'ils se jetaient des regards meurtriers.

La colère de Dani s'envola aussi vite qu'elle était arrivée, car le voir refléter tous ses gestes... C'était drôle. *Très* drôle. Il devait mesurer trente bons centimètres de plus qu'elle, comme s'il était son ombre. Mais elle n'était pas une star de cinéma grognon et vantarde.

Dani ricana. Un pli marquait le front de Cole.

Oh, comme c'était bon ! Elle se fendit d'un sourire, et il fronça les sourcils. Oui, ils étaient exactement l'opposé l'un de l'autre.

Elle se tourna vers la droite, et, inconsciemment, il bougea avec elle. Elle retint un rire lorsqu'elle leva une main en l'air et qu'il... fit la même chose.

— Tu le fais exprès ? lui demanda-t-elle.

— J'ai besoin que tu t'asseyes, répondit-il lentement. Nous devons parler.

Bon. Elle se laissa retomber sur sa chaise et fit un geste vers la sienne.

— Ce n'est pas moi qui ai décidé de tout casser. Bon sang, que tu es nerveux !

Il redressa la chaise et s'y installa.

— Je ne suis pas nerveux. Je suis prudent.

Elle le regarda avec gentillesse.

— *Ooooh*. Tout va bien. Rappelle-toi, j'ai promis de ne pas te faire de mal.

Cole laissa échapper un bruit étrange, comme la fuite lente d'une roue de vélo.

— Toi, me faire mal... ?

— Comment tu t'appelles, mon chéri ? l'encouragea Dani, comme si elle s'adressait à un enfant. Raconte tout à

Dani, et je te promets que tu auras une belle récompense avant de te mettre au lit.

Les yeux de l'homme s'embrasèrent.

— Mon nom est Cole, et tu ferais mieux de ne pas faire de promesses que tu ne peux pas tenir, fillette. Je ne suis pas un de tes camarades de classe avec qui tu peux t'amuser.

D'accord, ça aussi, elle l'avait déjà entendu. Dani en avait assez.

— D'accord, Cole. Arrête d'être aussi borné et écoute bien ce que je vais te dire. Je ne suis *pas* une fillette et je jouerai avec toi si j'en ai envie. Je suis une adulte, et...

— Adulte ? Mais quel âge as-tu ?

— Vingt et un ans, même si ça ne te regarde pas.

Il l'observa à nouveau, et le pli entre ses sourcils se creusa davantage.

— Tu n'as pas l'air si âgée.

Bon sang ! Dani fit ressortir sa poitrine, bombant le torse vers lui :

— Est-ce que j'ai l'air de mentir avec ces deux-là, mon chéri ?

Les yeux de Cole se posèrent sur ses courbes avant qu'un frisson ne secoue ses épaules, se propageant dans tout son corps. Il ferma les yeux, comme s'il souffrait.

— Ne fais pas ça, aboya-t-il.

Dani avait atteint sa limite.

— Très bien, je ne crois pas que cette conversation nous mène quelque part. Je prépare le petit-déjeuner et le café, parce qu'il va me falloir une bonne dose de caféine pour supporter cette journée. Tu peux rester là à ne rien faire, je m'en fiche. Si tu m'insultes encore, je te balancerai un truc, et ce ne sera peut-être pas cuit.

Elle se leva d'un bond et se dirigea vers le poêle, introduisit une bûche dans le compartiment à combustible et attendit que les braises chauffent à plein régime avant de poser une bouilloire sur la surface et de piocher dans l'une des réserves de nourriture d'urgence.

Elle ne savait pas si Cole avait bougé, car elle l'ignorait, brûlant de frustration.

4

———

Cole et son loup se disputaient.

C'était loin d'être une nouveauté, mais c'était la première fois que Cole se demandait si son loup était complètement sain d'esprit.

D'abord, cette maudite bête ne semblait pas comprendre pourquoi ils ne tentaient rien.

Compagne. Elle est à nous.

Non, lui répondit Cole avant de s'interrompre. *En fait, si. Mais nous devons seulement la protéger. Rien d'autre.*

Pas avant un certain temps. Pas avant ce qui allait ressembler à un million, voire un milliard d'années. Parce qu'il n'allait pas vraiment la laisser partir, mais il avait les mains liées aussi sûrement que si quelqu'un avait sorti une grosse corde et l'avait solidement attaché avec.

Les compagnes devaient être chéries. Lui sauter dessus tout de suite déclencherait certainement la prophétie, ce qui signifiait qu'avant de faire quoi que ce soit, il devait avoir une longue discussion avec cette femme.

Dani errait dans la cabane, l'ignorant ostensiblement tandis qu'elle faisait bouillir de l'eau et empilait des aliments sur le plan de travail. Lentement, l'odeur du café emplit l'air. Elle avait retroussé les manches de son sweat-shirt trop grand, ses avant-bras délicats attirant son attention et lui renvoyant autant d'images érotiques que si elle s'était déshabillée.

Il tourna sa chaise pour ne pas la dévisager. Cela ne lui fut d'aucune aide, avec son odeur qui emplissait la cabane plus encore que le café qu'elle était en train de verser dans deux tasses.

— Du sucre ? lui demanda-t-elle sur un ton à la limite de l'impolitesse.

— Non.

Elle le fixa, puis renifla avant d'en verser trois grosses cuillères dans sa propre tasse avant de mélanger violemment.

— Peut-être que tu devrais t'en tenir au chocolat chaud, marmonna-t-il.

Dani pivota et lui jeta un regard méchant.

— Écoute-moi bien, monsieur Je-me-permets-de-juger-sans-savoir. Mes goûts en matière de café ne te regardent pas.

— Tout ce que je dis, c'est que lorsque tes papilles gustatives seront un peu plus matures...

Un faible grognement lui échappa. Elle prit l'autre tasse et franchit les trois pas qui les séparaient pour la claquer sur la table devant lui. Le liquide gicla par-dessus le rebord jusque sur la table.

— Oh, quelle surprise ! Encore une autre façon de dire à quel point tu me trouves jeune. Mon pote, je ne sais pas à quel moment tu as décidé que tu étais responsable de moi, parce que ce n'est pas le cas. Et je suis assez âgée, point.

Il maintint le contact visuel, presque certain qu'elle allait lui tirer la langue en guise de conclusion.

Son visage se déforma plusieurs fois, signe qu'elle luttait pour se contrôler.

Cole prit sa tasse et masqua son sourire en buvant une gorgée. Bon sang, il n'était pas censé l'apprécier aussi vite... mais c'était logique, à cause de cette histoire de compagne. Son loup faisait les cent pas en lui, heureux et satisfait, tandis que Cole s'imprégnait davantage de l'odeur de Dani.

Elle était revenue près du plan de travail. Elle but une longue gorgée de sa tasse. Sa gorge remuait en rythme, ses seins – bon sang, ces seins ! – montaient et descendaient ostensiblement lorsqu'elle abaissa la tasse, soupirant d'aise.

Cole remua sur sa chaise, pour ajuster nonchalamment... les choses.

Et merde. Cette situation n'avait rien de normal. Il se leva et la rejoignit près du plan de travail.

— Que puis-je faire pour t'aider ?

Dani le regarda des pieds à la tête.

— N'essaie pas de te montrer gentil avec moi. Ce n'est pas crédible.

— J'aime garder les gens sur le qui-vive.

Elle ricana.

— Écoute, nous sommes partis du mauvais pied...

— Quoi ? Tu veux parler du moment où tu es entrée par effraction dans mon magasin pour voler l'une de mes motoneiges ? Curieusement, cela pourrait effectivement constituer un mauvais précédent pour que nous soyons les meilleurs amis du monde.

Elle l'ignora et poursuivit.

— Je suis certaine que maintenant que tu as récupéré ton véhicule, et que tu as pu constater que je ne l'avais pas abîmé, nous pouvons repartir de zéro. Et tu devrais te déshabiller.

Cole se figea, et il eut l'impression que sa peau était parcourue d'électricité. Son membre...

— *Quoi ?*

Dani agita un doigt de haut en bas vers lui

— Mec, tu es trempé. Et, sans vouloir être vexante, tu pues. Il y a une cabine de douche derrière la cabane et des vêtements de rechange dans le coffre près du lit. Si tu as l'intention de traîner ici et me déranger, j'attends de mes invités un certain niveau d'entretien et d'hygiène personnelle.

Elle prit un seau plein d'eau sur le plan de travail et le déposa à ses pieds avant de lui montrer la porte.

Bon sang ! Cole leva un bras et renifla.

— Je ne pue pas, grommela-t-il, mais son loup et ses pieds prenaient déjà la direction du coffre.

Il fouilla dedans pour trouver un T-shirt.

Ce maudit loup n'avait pas envie de contrarier sa compagne.

Tu me le paieras, lança-t-il à sa bête en guise d'avertissement.

Son loup jubilait, dévisageant Dani avec fierté. Elle recommença à ignorer Cole, travaillant sans relâche devant le plan de travail, glissant quelque chose qui sentait le sel et le bacon dans une poêle sur le feu.

— Et tu ne vas pas en profiter pour t'enfuir ?

Dani jeta un coup d'œil par-dessus son épaule avant de hausser un sourcil.

— Je t'ai promis de ne pas m'enfuir. Je tiendrai parole.

Un lourd soupir lui échappa alors qu'elle lui tournait le dos.

Bon, très bien.

Elle nous aime bien, insista son loup.

Cole fut tenté de claquer la porte en sortant, mais les

charnières étaient à deux doigts de lâcher. *Oh, et à quoi tu le vois ? Au fait qu'elle nous a dit qu'on puait ?*

Si elle te demande d'être propre, c'est qu'elle a envie de contact. Son loup lui envoya une série d'images de Cole et Dani enlacés, sans rien d'autre entre eux que leurs peaux chaudes et humides.

La série de jurons qui lui vint à l'esprit était longue et créative ; et la température glaciale du vent fut la bienvenue pendant que Cole se traînait à l'arrière de la cabane.

Le système de la cabine de douche était simple : il versait l'eau dans un récipient placé au-dessus de la tête et la laissait s'écouler par un robinet/pomme de douche. Cole se déshabilla et se mouilla avant d'arrêter l'écoulement et de se savonner. L'eau était si froide qu'il y avait très peu de mousse et qu'il dut frotter plus fort ; de la vapeur s'élevait de son corps de métamorphe.

Il fut tenté d'enrouler une main autour de son membre et de se débarrasser de la pression. Le désir qu'il ressentait pour sa compagne palpitait dans son sang, et il caressa son érection à plusieurs reprises, l'enfonçant dans le cercle serré de son poing. Une autre caresse, l'esprit vagabond. Il pourrait s'avancer dans le dos de Dani qui se tenait devant le plan de travail, remonter les mains le long de son buste pour les poser sur ses seins, frotter son nez dans son cou...

Cole s'obligea à écarter les doigts. Il dut faire appel à tout son self-control pour empêcher son imagination de s'emballer. Ce n'était pas le moment de se faire plaisir ; il était temps de s'habituer à souffrir, car ils n'étaient pas encore au bout de leurs peines. Il devait la ramener en ville. Et s'assurer qu'elle disait la vérité avant de déterminer comment ils allaient survivre à l'étape suivante.

Quoi qu'il se passe, cela n'allait pas être simple.

Il fit couler l'eau et laissa le froid glacial emporter le savon, ses espoirs... et son érection.

Un incident de porte branlante plus tard, Cole était de retour dans la cabane, ses vêtements « puants » lavés et laissés pendus dans la cabine de douche.

Dani l'examina alors qu'il se laissait tomber sur sa chaise, un sourire aux lèvres.

Le cœur de Cole bondit de manière incontrôlable.

— Heureuse ? grogna-t-il pour cacher le fait que ses émotions s'emballaient au creux de lui comme un chiot excité.

— Folle de joie. Prêt pour le petit-déjeuner ?

Elle déposa une assiette devant lui, puis en ajouta une pour elle et attaqua son repas avec enthousiasme.

Cole jeta un coup d'œil à son petit-déjeuner. Du porc parfaitement grillé. Un monticule de haricots, et une pile de pancakes recouverts de sirop d'érable.

Oh, bon sang ! Sa compagne savait cuisiner. Il était à deux doigts d'en pleurer de joie.

— Comment as-tu fait ça ?

Elle haussa un sourcil.

— De quoi parles-tu ?

Il montra son assiette.

— J'ai suivi ta trace jusqu'ici après que tu te sois montrée à Chicken, et tu venais d'un endroit qui n'était pas ici, dans cette cabane. Comment as-tu pu préparer un tel repas ?

Elle fronça les sourcils.

— Sérieusement ? Tu es quel genre de guide d'aventures ? Toutes ces vieilles cabanes ont des réserves d'urgence. J'aurais cru qu'avec ton grand âge et ta grande expérience, tu le saurais déjà.

Cole lui grogna dessus, et elle sourit.

— Petite maline. Oui, je sais quel genre de rations on trouve habituellement dans ces cabanes, et il n'y a pas ces trucs.

— Oh ?

Elle piqua un morceau de pancake qu'elle porta à sa bouche, léchant le sirop d'érable. Il posa les yeux sur sa langue. Qui léchait, léchait... Elle lécha encore, mais rata la goutte scintillante qui s'accrochait à la commissure de ses lèvres.

Le cerveau de Cole s'embruma.

— Ce n'est pas habituel...

Oh, mais *merde* !

Elle avait passé une main sur ses lèvres, puis avait introduit ses doigts gluants dans sa bouche, les suçant en ronronnant sensuellement.

Il était en train de mourir. Son cœur battait si fort qu'il était sur le point de s'écrouler et de mourir, là, dans cette toute petite cabane. Il détacha son regard d'elle, le riva sur son assiette, et se concentra pour ingérer le plus vite possible son repas sans s'étouffer. Rien d'autre n'existait. Juste son assiette. Juste la nourriture.

Son parfum tourbillonnait autour de lui et imprégnait son organisme comme s'il la consommait, une bouchée à la fois.

Bon sang, il était fichu !

Heureusement, Dani resta suffisamment silencieuse pour qu'il puisse imaginer qu'il était seul alors qu'il luttait pour garder le contrôle de la situation.

Ils avaient presque terminé leur petit déjeuner lorsque le vent souffla en rafales et que la porte cessa définitivement de remplir son rôle. Elle s'ouvrit, vacilla sur le dernier gond en place, puis s'écrasa au sol. Le vent glacial et les flocons de neige s'engouffrèrent dans la cabane.

Cole et Dani se levèrent en même temps.

— J'ai vu des outils ! s'exclama-t-elle.

— Il y a du bois près de la cabine de douche. Je vais en chercher.

Ils partirent dans deux directions, se réunissant quelques instants plus tard.

C'était un travail difficile, rendu encore plus complexe par l'étroitesse de l'espace et l'absence d'équipement adéquat. Cole dut lui demander de l'aide pour maintenir les éléments en place, ce qui signifiait qu'il avait fini par se retrouver partiellement emmêlé autour d'elle. Leurs corps se frottaient beaucoup trop intimement. S'il n'avait pas été déjà engourdi par la frustration, cela aurait pu constituer une douleur insupportable.

Il décida que cet engourdissement était à présent son meilleur ami.

Ils trouvèrent un rythme facilement, travaillant côte à côte. La petite carrure de Dani lui permettait de se glisser facilement dans les endroits étroits où il avait besoin qu'elle maintienne les choses pendant qu'il remettait les charnières en état.

— Tu es doué pour ça, lui dit-elle, et son compliment le réchauffa plus qu'il n'aurait dû. Je te croyais propriétaire d'un magasin d'articles de sport, pas d'un atelier de réparation.

Il ressentit un besoin impérieux de partager des choses avec elle.

— Je travaille avec mon frère pour l'instant, je joue les guides et je l'aide au magasin, mais c'est temporaire. Nous l'avons toujours su.

— Ooooh, tu as des choses plus importantes de prévues à l'avenir ?

Sa question semblait sincère. C'était sans doute une

autre raison pour laquelle il ne s'arrêta pas. Il était logique que son loup lui fasse instinctivement confiance, à cause de son statut de compagne et tout. Mais Cole aurait dû se taire.

Impossible. D'autant plus que, même si elle ne le savait pas encore, l'avenir de Dani était lié au sien.

— Il y a certaines... situations qui doivent se produire dans ma vie avant que je puisse assumer le poste.

Un accouplement, c'était une situation, non ?

— Aaah. Assumer le poste.

Même si elle ne faisait que répéter ce qu'il disait, les pensées salaces qui l'envahirent étaient extrêmement obscènes.

— Je comprends. Il y a un poste héréditaire qui t'attend, n'est-ce pas ?

Bon sang. Comment le lui faire comprendre sans mentionner la prophétie qu'il se sentait toujours incapable d'expliquer ?

— En quelque sorte ?

Elle lui tapota le bras en signe de compassion.

— Moi aussi. C'est en partie pour cela que j'ai besoin de savoir avec certitude si c'était ma sœur avec toi. Si elle retourne sur l'île de Kodiak maintenant, je suis tirée d'affaire. Si elle n'est pas en mesure de revenir, ce sera à moi qu'il reviendra de gouverner.

Le corps de Cole frémit.

Oh-oh.

— Tu n'as pas envie de faire partie de l'élite dirigeante ?

— Je fais partie de l'élite dirigeante. C'est le cas depuis ma naissance, mais je déteste vraiment être sous le feu des projecteurs, expliqua-t-elle avec une grimace.

— Toutes ces courbettes sont horribles, peu importe qu'elles me soient adressées ou non.

Son loup grogna pendant une seconde. *Un problème ?*

Évidemment. Cole ignorait ce que lui réservait son avenir, mais il y avait fort à parier qu'il comporterait un certain nombre de ces courbettes dont elle avait parlé. Ou peut-être même que les méchants ramperaient une fois vaincus. Ou peut-être...

Maudits prophètes nébuleux avec leur charabia prophétique.

Il se frotta les tempes et se demanda pour la millionième fois s'il existait une disposition de sauvegarde. Un texte qui ne disait pas *Maintenant que tu as trouvé ta compagne, ton héritage va rapidement te rattraper.*

Sauf que... Il ne voulait pas qu'il y ait de clause échappatoire, parce qu'il commençait à l'apprécier. Sauf qu'il ne voulait pas la désirer tant qu'il n'avait pas trouvé comment atténuer le choc qu'il était sur le point de lui faire subir en la poussant à nouveau sous le feu des projecteurs...

Il était méchamment dans le pétrin.

— Quel est ton destin pire que la mort ? lui demanda-t-elle à nouveau.

— Je n'ai pas envie d'en parler.

Il lui avait répondu d'un ton plus sec qu'il ne l'aurait voulu, et elle parut blessée. Cole ressentit une furieuse envie de la prendre dans ses bras et de l'envelopper d'un million de couches de protection de sorte que personne, pas même lui, ne puisse jamais plus être la cause de cette expression sur son visage.

Il tendit la main et lui toucha délicatement le bras en guise d'excuses silencieuses.

— Je ne veux pas en parler parce que c'est compliqué, et que ça me frustre.

Comme s'il avait partagé avec elle tous les secrets de l'univers, Dani arbora soudain une expression radieuse. Elle lui tapota la main avec douceur et gentillesse.

Lorsqu'elle se leva en le frôlant, elle posa ses lèvres sur le sommet de sa tête et il se sentit comme un roi. Un roi totalement désorienté et sans trône, qui allait au-devant de gros ennuis.

Bravo, le roi.

~

DANI ALLAIT CHASSER.

Alors que la matinée laissait place à l'après-midi et que la tempête s'intensifiait, une nouvelle source de divertissement était devenue son obsession. Un nouveau jeu, le seul qui lui venait à l'esprit.

Tourmenter le loup.

Elle avait apprécié leur petite conversation bien plus qu'elle ne s'y serait attendue, même s'il lui cachait certainement des secrets. Ce qui... pfff. Bien sûr qu'il lui cachait des choses, exactement comme elle le faisait avec lui.

Cependant, le délai que Charlene lui avait accordé était bientôt écoulé. Michele avait dû retourner au quartier général, et Dani se retrouvait seule. Si elle voulait enfin mettre la main sur sa sœur, il lui fallait un nouveau plan.

Accès à son objectif : un loup.

En plus, cela allait être amusant. S'amuser, c'était toujours un bonus.

— Faisons un marché, proposa Dani.

Cole lui jeta un regard noir. Il venait de rentrer, et il était couvert d'une fine couche de cristaux de glace.

Elle agita les sourcils en se glissant à côté de lui et passa un doigt le long de son bras.

— Hmm, recommence. Ton air sévère et dominant me donne des frissons.

Le loup bafouilla, transformant son halètement en toux alors qu'il tentait de maintenir l'illusion qu'il contrôlait la situation.

— Ne me touche pas. Et quel genre de marché ?

Dani retourna la chaise et l'enfourcha, posant les bras sur le dossier bas. Dans cette position, ses seins reposaient sur ses avant-bras, mettant en valeur ces courbes dont elle était assez fière.

Elle était peut-être petite partout ailleurs, mais elle avait de beaux seins.

— Je ne sais pas pourquoi tu es comme ça. Suis-je aussi peu attirante ?

Il ouvrit la bouche pour parler, mais avant que les mots ne sortent, elle se pencha en avant, pressant ses bras contre son corps. Ce qui, par accident, sans aucun doute par hasard, fit remonter sa poitrine déjà généreuse et lui donna un air de dinde rôtie prête à être dévorée lors de la soirée de Thanksgiving.

La mâchoire de Cole s'ouvrit un instant avant qu'il ne la remette en place. Son regard tomba involontairement sur les courbes de la jeune femme tandis qu'il s'asseyait sur l'autre chaise. Ensuite, il reporta son attention sur son visage.

— Tu es une femme très attirante. Je n'ai pas besoin de te le dire.

— Mais bien sûr que si ! Bon sang, mais avec quelles femmes as-tu traîné ? lui demanda Dani. Parce que je ne connais aucune fille qui n'aime pas qu'on lui dise qu'elle est belle. Certes, il y en a qui ne veulent pas qu'on leur dise qu'on est à deux doigts de leur sauter dessus, mais moi ? Je fais partie de celles qui apprécient ce genre d'informations.

Elle battit des cils d'une manière qu'elle espérait séduisante.

Comme c'était dommage de n'avoir que des connaissances livresques et rien d'autre !

Ses yeux paraissaient un peu plus injectés de sang que quelques secondes plus tôt. Il tenait fermement la table et n'irait pas bien loin, à moins de réduire accidentellement le bois en cure-dents.

— Ce que je veux dire, c'est que je suis presque certain qu'on t'a déjà dit que tu étais séduisante. Tu n'as pas besoin de mon avis sur la question.

Il déglutit. C'était le seul indice qui lui faisait penser qu'elle commençait à l'atteindre.

— Bien sûr que si. Parce que, tu sais... dit Dani en se levant de sa chaise et se rapprochant de lui, faisant courir un doigt le long de son large avant-bras. Tous ces autres hommes, ils ne sont pas là pour l'instant. Mais toi, tu l'es.

Il déglutit à nouveau ; tout son corps tremblait.

— C'est vrai. Il n'y a que toi et moi. Il va faire très froid dehors, monsieur Souris. J'apprécierais que tu... me tiennes chaud ce soir, lui fit-elle, remuant les sourcils de manière suggestive.

Un muscle se contracta dans la joue de Cole.

— Il y a un poêle à bois.

— C'est vrai, approuva-t-elle, mais la température va considérablement baisser. Presque moins quarante. Elle était de nouveau devant lui, se penchant sur la table en enroulant ses bras autour de son buste, exagérant ses frissons. Ses seins étaient de retour au premier rang.

— *Brrrrrr...*

Elle se tourna vers lui, se laissant tomber pour qu'il n'ait d'autre choix que de l'attraper ou la laisser tomber sur le sol. Il était bien trop gentleman pour laisser une telle chose se produire...

C'est ainsi qu'elle se retrouva allongée sur ses genoux, à

le regarder. Son visage sombre ressemblait à celui d'une statue de pierre.

Elle se tortilla jusqu'à pouvoir enfouir son nez dans son cou, enroulant une main autour. Elle inspira profondément avant de se détendre complètement.

— Je commence à avoir sommeil. Pas toi ?

Sa mâchoire était dure comme de l'acier.

— Non.

Elle était tentée de lui lécher le cou. Il était juste là, à portée de sa langue.

Avec une étonnante retenue, elle s'abstint.

— Voilà le marché. Je t'accompagnerai tranquillement jusqu'à Chicken, et nous pourrons résoudre tous les mystères pénibles que tu as ressassés toute la journée.

Le corps de Cole se contracta sous elle.

— Bien.

Il était sur le point de se lever lorsqu'elle laissa sa langue courir sur sa barbe naissante.

— Demain.

Il frémit de la tête aux pieds, ses bras s'agrippant fermement à elle.

— *Dani*, la prévint-il.

— Il est tard, protesta-t-elle. Et il fait froid.

— Nous sommes des métamorphes. Le froid ne veut rien dire.

Son ricanement se changea en soupir.

— Je suis délicate, dit-elle.

Dani se tortilla sur ses genoux. Elle réfréna à grand-peine un sourire lorsque sa hanche frotta son érection très apparente.

— C'est le marché que je te propose. Je ne m'enfuirai pas. Je serai très, très gentille... *demain*. Si tu essaies de me ramener ce soir, je disparaîtrai dans la tempête de neige et nous devrons recommencer tout ce manège.

— Tu ne ferais pas ça.

— Je suis un ours fantôme. Un ours blanc dans une tempête de neige ? Je n'en dirai pas plus, mon pote.

Il grogna.

— Très bien. Fais comme bon te semble.

Mais elle entendit la pointe d'amusement dans son ton.

Dani débattit un long moment, presque trois secondes, avant d'enrouler ses mains autour de son cou et de l'emprisonner.

— Eh bien, dans ce cas... Je vais au lit. Bonne nuit.

Il avait cru être tiré d'affaire. Elle vit le soulagement et la frustration dans ses yeux une fraction de seconde avant de poser sa bouche sur celle de Cole.

Il resserra sa prise sur ses hanches comme s'il avait l'intention de les séparer, mais Dani était plus que déterminée. Quel que soit le problème de cet homme, il l'aimait beaucoup. Un baiser... que pouvait-il y avoir de mal dans un baiser ? Elle en voulait un, et elle était presque certaine qu'il en voulait un aussi.

Il était temps de les satisfaire tous les deux.

Elle lécha la commissure de ses lèvres, fredonnant lorsque son goût s'insinua dans son organisme. Ce premier essai était splendide. Il avait un goût fort, masculin. Sauvage et diabolique.

Vraiment, *vraiment* diabolique. Elle avait cru qu'il résisterait à ses avances, mais un instant après qu'elle ait établi le contact, il prit le contrôle. Les lèvres qu'il posa sur les siennes s'enflammèrent alors qu'il la dévorait avec avidité. Sans aucune retenue, Cole attira son corps contre le sien, la serrant fermement pour qu'elle reste exactement là où il le voulait. Il lui mordit la lèvre inférieure, et une douleur aiguë s'empara d'elle. Ses mamelons se dressèrent et elle plongea ses doigts dans les cheveux à l'arrière de sa tête tandis qu'il entremêlait leurs langues.

Essoufflée, rongée par le désir, ce qui n'était au départ qu'une curiosité était maintenant un feu violent. Son ventre était douloureux, et elle avait envie de le déshabiller et de le chevaucher comme s'il était son poney attitré. La première chevauchée d'une longue série cette nuit-là, et la première d'une longue succession de mois et d'années de sueur, de corps en ébullition et de plaisir.

Waouh. C'était bizarre.

Cole essaya de s'écarter, tirant les cheveux de la jeune femme pour les séparer. Il haletait, aspirant de grandes quantités d'air. Dani se demanda si c'était ce qu'on entendait par « se noyer dans les yeux de quelqu'un », parce qu'elle retenait son souffle et qu'elle se sentait dépassée par les événements.

Cole la souleva comme si elle était une plume, l'emmena vers le lit et, l'espace d'un instant d'une beauté inouïe, elle crut qu'il allait l'allonger sur le lit et la prendre comme une damoiselle captive.

Oui, oui, oh, s'il te plaît, oui !

Il la fit tomber d'une cinquantaine de centimètres de haut, reculant avant même qu'elle cesse de rebondir.

— Mets-toi sous les couvertures. Nous partons à sept heures du matin, que tu aies suffisamment dormi ou non.

Dani se redressa, légèrement étourdie par le changement de plans... Des plans intimes qu'elle avait fébrilement préparés et qui impliquaient beaucoup, beaucoup de sexe.

— Attends ! Tu m'as promis de me tenir chaud.

Il haussa un sourcil.

— C'est vrai. Je serai juste là, à entretenir le feu toute la nuit. Tu seras confortablement installée, ne t'inquiète pas.

Hmm. Dani s'écroula sur les oreillers, tirant la couette sur elle, se demandant comment elle avait pu déraper à ce point. Le lendemain, ils partiraient pour Chicken, elle accomplirait sa mission, et elle pourrait revoir sa sœur pour la première fois depuis une éternité. Pourquoi ce grand accomplissement semblait-il s'être mué en quelque chose de gris et de plat à la lumière de sa situation actuelle de métamorphe solitaire dans son lit ?

C'étaient des draps froids qui l'enveloppaient, et non un loup torride. C'était un piètre substitut. Elle attendait la première occasion de se venger.

Elle sauterait dessus. Et qu'il soit maudit.

5

———

Il la fit entrer par la porte arrière du magasin. Il ne voulait sans doute pas qu'elle voie le nouveau verrou que son frère avait installé quand elle les avait avertis que leur système était défectueux.

— C'est un bel endroit que vous avez, lui dit Dani avec sincérité.

Le taquiner lui permettait de ne pas se concentrer sur les papillons qui dansaient dans son ventre à l'idée de retrouver sa sœur dans quelques minutes.

— Ne touche à rien ! lui intima-t-il sèchement.

— J'aime la gamme de produits proposés dans le magasin.

Elle fit glisser un doigt sur le présentoir le plus proche, ignorant son ordre.

Cole montra la chaise à côté d'une grande table où un tas de cartes étaient disposées comme si quelqu'un planifiait un itinéraire de voyage.

— Assieds-toi, et ne bouge pas. Je dois passer quelques coups de fil.

Qu'il était têtu ! Elle battit des cils en le regardant.

— Bien sûr, mon chou !

Il hésita une seconde avant de lui jeter un regard mauvais, le téléphone déjà à l'oreille, rassemblant les cartes et les posant sur une étagère contre le mur.

— Caden. Je l'ai trouvée.

Des jurons étouffés parvinrent à ses oreilles, mais Dani ignora leur conversation. Pendant tout le trajet jusqu'à la ville, une douce excitation l'avait envahie. Aujourd'hui, enfin, elle allait obtenir ses réponses.

Après presque huit ans, sa sœur serait-elle complètement différente des souvenirs d'enfance que Dani avait conservés ? Elle avait changé, et il y avait fort à parier que c'était aussi le cas de sa sœur. Mais elle allait la reconnaître, non ?

Son ventre frémit d'incertitude.

Quelques minutes plus tard, la porte s'ouvrit. Dani se prépara, laissant échapper un soupir déçu lorsqu'une femme inconnue entra dans la pièce. Elle était accompagnée d'un homme de grande taille qui parvint à disparaître dans l'ombre, et d'un autre homme brun qui ressemblait beaucoup à Cole. À l'exception de son air renfrogné.

Celui de Cole était plus doux.

L'homme à la mine renfrognée pencha la tête vers ce dernier.

— Je vais attendre les autres dehors. Ensuite, je dois rentrer à la maison.

Il était reparti avant que quelqu'un ne réponde. Dani soupçonna alors qu'il s'agissait d'un membre de la famille. Seule la famille était capable d'en dire autant en si peu de mots.

La petite blonde dévisagea Dani puis Cole, l'air amusé tandis qu'elle s'avançait.

— Joli trophée, dit-elle à Cole.

Dani se raidit aussitôt. Elle n'était le trophée de personne.

Mais ce fut le grognement de colère de Cole qui retentit en premier.

— Ferme-la, Nadia. Tu n'as pas envie de me provoquer maintenant.

Nadia passa un doigt sur ses lèvres, produisant un bourdonnement grossier.

Cole étouffa un grognement.

Dani, quant à elle, avait envie de se lever et d'écraser le pied de cette fille. Aucune petite boule de poils n'avait le droit de se montrer impolie avec *son* loup...

Oh, bon sang. Son loup ?

Hmm. Cette réaction émotive était... inattendue, mais sans doute logique. Après avoir passé du temps seuls dans leur *petite cabane en pleine nature,* il était naturel qu'elle se sente un peu responsable du loup.

Il avait enroulé ses doigts autour de son poignet, penché son corps vers elle et s'était interposé entre Dani et la nouvelle venue.

Dani remarqua la posture protectrice du loup, puis vit que Nadia s'en rendait compte aussi. C'était si parfait que c'était irrésistible.

Dani sourit. Elle jubilait, même. Et il n'était pas impossible qu'elle ait tiré la langue à la petite lynx.

Nadia haussa un sourcil, mais elle recula, les épaules collées au mur juste devant la porte.

— Oh, ma belle, tu vas devoir t'expliquer un jour ou l'autre. Mais pour l'instant, sois prudente. Un grizzli très protecteur est en route. Ne fais pas l'imbécile avec lui.

— Moi ? demanda Dani d'un air innocent. Je ne suis qu'une touriste inoffensive.

La métamorphe blonde ricana, mais avant qu'elle puisse répondre d'une remarque bien sentie, la porte s'ouvrit à nouveau.

Le monde de Dani bouscula. C'était le moment de vérité.

L'ours massif qui entra en premier était manifestement le grizzli à propos duquel on l'avait averti. Les doigts de Cole se resserrèrent légèrement, non pas pour lui faire mal, mais comme s'il se préparait à la mettre à l'abri derrière lui au premier signe de difficulté. Il était prêt à la protéger avec son corps.

Mais la personne qui entra ensuite... était petite, avec des cheveux noirs. Des traits fins. Le reflet de Danielle, à peine plus âgée, et plus usée par la vie. La femme jeta un coup d'œil à Dani, relâcha sa prise sur l'ours et se précipita en avant, bras ouverts en signe de bienvenue.

— Danielle ?

Dani se leva d'un bon, puis se jeta dans les bras de sa sœur. Elle s'autorisa une étreinte rapide avant de reculer, scrutant attentivement le visage d'Amanda.

— Oh, Mandy ! C'est *vraiment* toi !

Et d'un coup, ses larmes jaillirent, sorties de nulle part.

Dani s'accrocha à sa sœur, vaguement consciente que son loup et l'ours de sa sœur rôdaient derrière elles. Tels deux chiens de garde démesurés, ils ignoraient ce qu'ils avaient le droit de faire à ce moment précis, mais ni l'un ni l'autre n'était prêt à reculer.

Le grizzli parla d'une voix grave et moqueuse.

— Tu en as mis, du temps.

— Il y a eu des complications, répliqua Cole.

Mandy la serra très fort, et elles s'écartèrent.

Dani s'essuya les yeux, soudain gênée de ne pas mieux

se contrôler. Merde, Cole allait la considérer comme un bébé à cause de cela.

Elle tira sur les doigts de Mandy, cherchant à déterminer ce dont elles devaient discuter.

La blonde près de la porte se racla la gorge, attendant que tous les regards se tournent vers elle pour leur lancer une pique.

— Vous ne devez pas avoir beaucoup d'estime pour moi, vu la façon dont vous entourez tous les deux ces femmes, se plaignit Nadia. Asseyez-vous tous. Plus vite nous résoudrons ce problème, mieux ce sera.

Mandy l'entraîna sur la chaise où Cole était assis, et s'installa à côté d'elle. Leurs doigts étaient toujours entrecroisés.

Sa sœur perdue de vue depuis si longtemps. C'était assez enivrant. Pas assez pour lui faire ignorer la disposition de la pièce, ou le fait que Cole était maintenant à quelques centimètres derrière elle, les mains posées sur le dossier de sa chaise. Le grand grizzli de Mandy se glissa en position protectrice derrière elle.

— Alors, elle te connaît vraiment ? l'interrogea Cole.

Sa sœur caressa la joue de Dani et acquiesça.

— Même si je ne t'ai pas reconnue pendant un instant. Tu as changé.

— J'ai grandi.

Mandy se tourna sur sa chaise pour offrir un sourire éclatant à l'ours derrière elle.

— Danielle est ma sœur. Je ne les ai pas revues, Susanna et elle, depuis que j'ai déménagé.

Le visage du grand animal ressemblait à du granit.

— Mais qui était avec elle ? Pourquoi nous a-t-elle poursuivis avec les motoneiges ? Et que faisait-elle dans ton appartement ?

Dani ne broncha pas. Il y avait des choses qu'elle préférait ne pas aborder.

Suivre sa sœur était censé être une tâche facile. Charlene allait la laisser tomber avant même que Dani n'ait effectué sa première vraie mission si l'on apprenait à quel point elle était réellement incompétente.

Néanmoins, cela ne lui coûtait rien de répondre à une partie de la question.

— J'essayais d'obtenir des informations. Nous avons entendu des rumeurs, mais personne ne voulait nous dire quoi que ce soit, alors je me suis dit qu'il fallait que je le découvre par moi-même.

Elle observa le gros ours de haut en bas. Il semblait trop agréable pour être un méchant, mais le méchant les avait tous dupés au départ.

— Je voulais savoir si elle était libérée de cet enfoiré manipulateur qui nous l'avait enlevée.

— C'est le cas, la rassura Mandy. Tout a changé et tout va bien se passer. Le patron de Justin est le nouveau chef des clans d'ours et il apporte des changements. De *bons* changements.

Hmm. Dani regarda l'ours. Et lui la regardait comme si elle était un insecte.

Pfff. Assez. Elle haussa les épaules, ignora Justin et se concentra sur Mandy.

— Nous verrons bien. Mais maintenant que je t'ai retrouvée, je veux que tu rentres à la maison avec moi.

— *Non.*

La réponse du grizzli avait été instantanée, ce qui était étrange.

Mais ce qui l'était encore plus, c'était que Cole aussi avait exprimé son refus.

Oh, bon sang, non ! Dani repoussa sa chaise, tout

comme Mandy. Comme si elles avaient répété, elles croisèrent toutes les deux les bras et jetèrent des regards sévères à ceux qui les avaient interrompus.

— *Non ?* répéta Mandy, choquée.

Pour la première fois, le grand ours sembla moins sûr de lui. Son visage se crispa tandis qu'il s'efforçait de trouver une réponse qui ne dépasserait pas les bornes.

— Pas avant d'en savoir plus, insista-t-il.

— C'est ma *sœur*, déclara Mandy d'une voix forte et claire.

— Ce qui veut dire que tu lui fais confiance, répondit Justin. Ce qui est exactement ce que chercherait quelqu'un qui a des objectifs plus néfastes comme ton ex. Il n'hésiterait pas à se servir de ta sœur pour t'atteindre.

Cole laissa échapper un grognement de loup, montrant les crocs.

— Es-tu en train d'insinuer que Danielle servirait d'appât ?

Les poils du loup étaient hérissés. L'ours lui fit signe de se détendre.

— Je dis qu'il ne faut rien faire sans y avoir bien réfléchi.

Un silence de plomb s'abattit sur la table.

Oh, bon sang. Les hommes surprotecteurs étaient les pires. Dani s'apprêtait à prendre les choses en main lorsque Nadia s'avança. Une sensation étrange envahit la pièce, comme l'air frais et rafraîchissant du printemps. Une sensation de paix et de détente en une dose enivrante.

Waouh. C'était nouveau. Dani regarda la petite métamorphe blonde tirer une chaise et s'y asseoir à califourchon, posant les bras sur le dossier.

— Nous n'avons pas besoin de décider de quoi que ce soit dans l'instant, souligna Nadia.

— Je refuse de quitter Danielle des yeux, insista Cole.

— Je sais, parce qu'elle s'est montrée suffisamment talentueuse pour t'échapper pendant très longtemps, dit Nadia, faisant claquer sa langue de manière apaisante. Je suis sûre qu'elle ne sera plus jamais aussi méchante avec toi. Pauvre petit loup.

Cole se mit à bafouiller.

Même si c'était cette femme qui l'avait dit, les lèvres de Dani se tordirent en un sourire narquois.

— Nous pouvons trouver une solution pour que tout le monde reste dans les parages et soit heureux jusqu'à ce que Mandy prenne une décision. Car, à moins que je ne me trompe, et je ne crois pas que ce soit le cas, c'est à elle de prendre cette décision.

Nadia pointa Mandy du doigt.

Celle-ci se leva, prit Dani dans ses bras et la serra fort.

— Oui, c'est ma décision, mais je ne pourrai pas la prendre si je n'ai pas le temps de parler avec ma sœur. Seule à seule.

De profonds grognements de frustration résonnèrent contre les murs, et Mandy leva les yeux au ciel. Ensuite, elle se tourna, les poings sur les hanches, jetant des regards furieux à Cole et Justin.

— Arrêtez de grogner, les gars. Si tu crains que Danielle ne m'enlève comme par magie sous ton nez, dit-elle en déplaçant son regard vers Justin, relevant son menton d'un air de défi, ou si tu ne me fais pas confiance pour rester dans les parages comme je te l'ai promis, on va juste s'asseoir ici et parler. Mais vous deux, vous allez devoir vous asseoir là-bas.

Elle pointa du doigt l'autre bout de la pièce.

Dani tapota le bras de sa sœur pour l'encourager. À présent, elles allaient quelque part.

Le gros ours se tortilla sur place avant de lui rappeler un fait essentiel à contrecœur.

— Cole pourra vous entendre.

Le loup planta ses doigts dans la cage thoracique de Justin.

Mandy posa une main sur son bras.

— Je sais qu'il peut entendre. Là n'est pas la question. Je n'essaie pas de garder des secrets, je veux juste être avec elle, seule.

Comme si elle avait attendu assez longtemps, la blonde attrapa les deux hommes et les entraîna vers la porte.

— Tu vois, Cole ? Tu vois à quel point les choses sont plus simples quand tu te contentes d'écouter les gens les plus intelligents de la pièce ?

Cole lui montra les crocs.

Elle éclata de rire.

— D'accord, c'était un peu méchant de ma part. Allez, monsieur Grognon. Ta nouvelle amie sera là quand tu reviendras. J'ai besoin que tu me donnes un coup de main une minute.

— Mais elle a dit...

— Mandy ne voit peut-être pas d'inconvénient à ton ouïe bionique de loup, mais elles ont droit à leur intimité. Et j'ai vraiment besoin de ton aide. S'il te plaît ? le supplia-t-elle.

Cole resta figé comme une statue jusqu'à ce qu'il croise le regard de Dani.

— N'envisage même pas de quitter la ville sans moi.

Oh. Vraiment ? Il avait l'intention de se la jouer autoritaire ? Danielle se gratta la joue avec son majeur avant de reporter son attention sur sa sœur.

La suite n'était même pas nécessaire. Pas vraiment. Rien qu'en regardant sa sœur, Dani voyait bien qu'elle était heureuse et que la période noire était terminée. Amanda paraissait paisible et satisfaite. Ce devait être à cause de ce gros ours.

Pourtant, elle allait creuser le sujet et s'en assurer. Ensuite, elle persuaderait Amanda de prendre la direction de l'île de Kodiak, parce que Dani pourrait ainsi se consacrer à sa nouvelle vie.

C'était très simple, en vérité.

Ses pensées se concentraient déjà sur la façon dont elle devrait gérer le loup sexy qui faisait frétiller ses hormones comme de la gelée. Celui qui se faisait entraîner à contrecœur hors de la pièce par la lynx, Nadia.

La décision était facile à prendre. Elle aimait bien le loup. Il pouvait se montrer amusant, surtout depuis qu'elle lui avait appris à se détendre. Mais d'abord ? Il devait apprendre à ne pas juger les gens sur les apparences. Et une ou deux choses sur le fait de laisser une femme tout excitée et sans exutoire, comme il l'avait fait la nuit précédente.

Oui, le loup était suffisamment intéressant pour faire partie de sa prochaine aventure. Elle ne devait pas présenter son rapport à Charlene avant trois jours, alors pourquoi pas ? Elle se donnait une ultime mission.

Après avoir parlé à Amanda, elle s'occuperait de Cole.

Pauvre loup. Il n'allait pas comprendre ce qui lui arrivait.

Cole s'arrêta devant la porte de sa propre boutique.

— On est assez loin.

L'ours semblait d'accord avec lui. Justin croisa les bras et se tint là, tel un roc inébranlable.

Nadia secoua la tête.

— Que vous êtes idiots ! Bon. Toi, assieds-toi là-bas.

Elle montra à Justin un banc à l'extérieur de la boutique, attendant qu'il déplace sa grande carcasse de ces deux mètres supplémentaires. Elle reporta ensuite son attention sur Cole, parlant d'un ton doux.

— Tu es un homme très chanceux.

Il ne s'attendait pas à ce que cette conversation prenne une telle tournure.

— Hein ?

Elle ricana.

— Écoute, tu te morfonds depuis des années en attendant l'arrivée de ta compagne, et pouf ! Voilà ! Elle est enfin là.

— Après être entrée par effraction dans ma boutique, avoir volé ma motoneige, s'être enfuie et s'être cachée pendant des jours dans la nature. Oui, je comprends qu'un homme puisse se réjouir de l'arrivée de sa compagne. Oh, et ai-je mentionné qu'elle est plus jeune que moi ?

— Et alors ?

Il lui jeta un regard noir.

Nadia soupira.

— Tu n'es pas logique. Quand il est question de compagnes chez vous les loups, tu sais qu'il ne sert à rien de lutter contre le destin. Pourquoi t'y essaies-tu ?

— Parce qu'elle vient d'avoir vingt et un ans, bon sang ! Elle devrait avoir tout son avenir devant elle, et elle ne devrait pas avoir à gérer mes conneries.

Il était possible qu'il ait parlé beaucoup plus fort que ce qu'il aurait voulu.

Justin souffla, croisant les bras sur son torse aussi large qu'un terrain de football.

— On dirait que tu parles de la sœur de Mandy.

Cole tint sa langue et tenta de prendre un air innocent.

En vain. Justin plissa les yeux.

— Attends une minute. Tu as l'intention de faire des avances à la sœur de Mandy ?

— Ce ne sont pas tes affaires ! s'emporta Cole, levant un doigt pour le pointer sur le visage de Nadia. Ce ne sont pas les tiennes non plus. Bouche cousue.

Une ombre s'abattit sur lui. Cole leva les yeux. Encore.

Encore plus haut.

Justin se tenait à quelques centimètres de lui, affichant un air sévère et désapprobateur.

— La petite sœur de Mandy.

Et merde !

— Ce ne sont pas tes affaires.

— Petite sœur. Sœur *cadette*. Une sœur *bien plus jeune*.

Cole se pinça l'arête du nez, combattant sa frustration interne, car maintenant son loup s'énervait et s'apprêtait à transformer quelqu'un en tapis de peau d'ours.

— Tu n'aides pas. Ce que tu fais n'aide pas.

— Je veux être sûr que tes intentions sont honorables.

Le loup, comme l'homme, s'interrompirent brusquement. *Qu'est-ce que...*

Justin sourit.

— Bon sang, tu es vraiment dans le pétrin. C'est ta compagne, n'est-ce pas ?

— Vous êtes dingues, répliqua Cole. Vous tous, les ours, mais toi en particulier.

Le grand gaillard haussa légèrement les épaules.

— La vie est plus divertissante ainsi.

Maintenant qu'il n'avait plus à se battre, la curiosité de Cole grimpa en flèche.

— Nadia, tu as un objet électronique sur toi ? Un iPad ou autre chose ?

— Je crois que oui. Martin ?

Nadia jeta un coup d'œil autour d'elle.

Son ombre omniprésente s'avança en lui tendant une tablette.

— Qu'est-ce qui est important au point que tu aies besoin d'aller sur internet maintenant ? l'interrogea Nadia. Je n'avais pas fini de te taquiner.

— Je cherche des informations. Des détails que certaines personnes semblent vouloir taire. Car ma compagne est restée étonnamment discrète sur ses origines, expliqua-t-il en jetant un regard noir aux autres. Au passage, silence absolu sur ce détail concernant ma compagne. Elle le découvrira en temps voulu.

Nadia porta une main à ses lèvres et fit semblant de fermer un verrou.

Justin inclina la tête.

Martin ne parlait jamais beaucoup de toute manière.

Cole s'installa sur le banc et lança une recherche sur l'île de Kodiak en utilisant les noms des trois sœurs en guise de références. Justin se glissa à côté de lui et, rapidement, les deux hommes se mirent à parcourir de vieux articles.

— Vérifie il y a huit ans. C'est à ce moment-là que Mandy a quitté l'île, suggéra Justin.

Quelques minutes plus tard, ils touchaient le jackpot. À présent, Nadia et Martin regardaient par-dessus leurs épaules, lisant eux aussi avec intérêt.

Justin laissa échapper un petit sifflement.

— Waouh. Alors, oui... Voilà qui ajoute un twist à l'histoire.

— Dani m'a dit qu'elle avait un statut, mais jamais je n'aurais imaginé...

Tous deux se regardèrent en silence un moment. Mandy et Dani n'étaient pas seulement en lice pour une position de leader, elles étaient pour ainsi dire des membres de la famille royale de l'île.

Dani était Lady Danielle. Sa compagne. Eh bien, voilà qui expliquait un certain nombre de choses. Et en compliquait un tas d'autres. Le destin de Cole n'avait rien à voir avec le fait de vivre sur une île et de la gouverner.

À moins que...

Compte tenu de l'enthousiasme de Dani pour cette possibilité, il espérait vraiment que ce n'était pas là que le chemin de la prophétie les menait.

Justin posa une main sur son épaule.

— Eh bien, la suite dépend des dames, mais je vais garder ton secret pendant quelque temps. Pour l'instant, j'ai l'intention de m'assurer que Mandy prenne la bonne décision pour être heureuse, pour une fois.

— Et moi, c'est Dani qui me préoccupe.

Ils échangèrent une poignée de main ferme, puis Nadia leur indiqua de retourner à la boutique.

Cole se précipita dans la pièce. Il cherchait Dani avec tant d'impatience qu'il aurait pu tout aussi bien être seul avec elle. Son loup grogna au plus profond de lui. La faim et la satisfaction primaient lorsqu'il l'aperçut, toujours assise à la table avec Amanda.

Les deux femmes avaient pleuré, c'était évident, mais les sourires qu'elles arboraient semblaient indiquer qu'il s'agissait de larmes de joie. Peu importait.

La femme au centre de toute cette histoire se leva. Mandy tendit une main vers sa sœur.

— Danielle, je vais me promener. Est-ce que tu peux rester ici un moment ? Ou est-ce que tu as besoin de quelque chose à manger, ou...

— Je vais rester avec elle, annonça Cole en traversant la pièce pour se retrouver à ses côtés en un instant.

Sa compagne, toujours aussi effrontée, leva les yeux au ciel.

— Bien sûr, mon grand. Tu peux t'asseoir juste là.

Elle tira l'une des chaises et en tapota le siège avant de s'asseoir sur celle d'à côté.

Mandy n'était pas certaine de comprendre ce qui se passait, mais elle hocha la tête.

— On se voit dans un petit moment, d'accord ? Ensuite, tu pourras venir à notre appartement, et nous rattraperons le temps perdu.

— Pas de problème, frangine. Je t'aime, répondit Danielle en lui envoyant un baiser avant de se tourner vers le loup. Tu es vraiment un chiot grognon, hein ?

Cole se laissa tomber dans le fauteuil et grogna contre elle, mais il lui était impossible d'être vraiment en colère. Le simple fait d'être aussi proche d'elle ramollissait quelque chose en lui, son loup se muant en une bouillie gluante. Il était à deux doigts de s'esclaffer.

Danielle agita les doigts puis posa la main sur le bras de Cole, appuyé sur la table entre eux.

La bouillie gluante devint dure comme de la pierre. Surtout au niveau de son entrejambe. Une minute plus tard, une fois qu'ils furent seuls, Dani se mit à le reluquer comme une friandise.

Son loup était ravi, mais son côté humain hésitait encore. Le fait que les autres savaient qu'elle était sa compagne et ne désapprouvaient pas l'aidait, mais il avait toujours l'impression de sceller l'avenir de la jeune femme trop tôt.

— Arrête ça.

— Pourquoi ? Tu as peur que ta petite copine vienne te gifler ?

Elle était... jalouse ?

Hmm. Aussi douloureux que ce soit, peut-être que si elle imaginait que Nadia était dans le tableau, cela mettrait en place un mur temporaire...

Non. Il ne pouvait pas faire ça. Mentir à sa compagne était totalement exclu.

— Ce n'est pas ma petite amie.

— Bien.

C'était une déclaration ferme, et pleine de satisfaction.

— Tu n'es pas non plus ma petite amie, lança-t-il, juste pour voir ce qu'elle ferait.

Dani le regarda de haut en bas et se leva. Son regard le défiait alors qu'elle écartait ses pieds sur le sol, les poings sur les hanches.

— Effectivement, je ne le suis pas.

Elle s'éloigna en roulant des hanches, et Cole renonça à lutter contre son attirance. Il laissa son regard vagabonder sur ses courbes et remercia toutes les bonnes actions qu'il avait accomplies et qui lui avaient permis d'avoir une compagne aussi splendide que Dani. Il n'était toujours pas certain de pouvoir la toucher sans craindre de ne pas se montrer assez protecteur, mais il finirait peut-être par s'y habituer. Lentement. Au fil du temps.

Une musique se mit en marche et il reporta son attention sur la femme qui se déhanchait encore de manière aguichante en revenant à ses côtés.

— Tu as trouvé la sono.

— Je n'avais pas réalisé qu'elle était perdue.

Elle pointa la télécommande vers lui comme un pistolet et appuya, faisant rapidement monter le son. Une lourde pulsation se répercuta sur les murs, emplissant le moindre recoin de la boutique comme un battement de cœur sensuel.

Cole croisa les bras et l'observa avec méfiance.

— On ne fait que passer le temps, n'est-ce pas ? Une fois que ta sœur sera revenue, je ne veux pas que tu t'en ailles.

Dani tourna sur elle-même, son corps virevoltant au rythme de la musique. Elle s'approcha et fit glisser ses bras le long de son corps et dans les airs. Elle ferma les yeux en se perdant dans le rythme.

— Nous avons le temps de parler maintenant, lui dit-elle d'une voix traînante et sexy, ses genoux frôlant ceux de Cole alors qu'elle se rapprochait davantage.

Elle baissa les mains en passant derrière lui, lui griffant légèrement les épaules.

— Mais c'est une très bonne chanson. Peut-être devrions-nous garder la discussion pour une autre fois.

Elle passa ses mains sur son cou, ses ongles laissant quatre lignes distinctes et brûlantes, comme si elle avait employé un fer rouge et non pas un contact de peau à peau.

Cole était partagé entre fermer les yeux et laisser le plaisir parcourir tout son corps, ou la regarder attentivement, elle dont le buste bougeait au rythme de la musique d'une manière dangereuse pour son organisme.

La regarder. La tentation de la regarder l'emporta.

Dani continua à tourner lentement autour de lui. Les paroles en arrière-plan parlaient de petites amies et du fait qu'elle était bien plus sexy que n'importe quelle copine qu'il pourrait avoir, et un sourire lui échappa.

— Je ne vais pas te demander comment tu as réussi à lancer cette chanson aussi rapidement.

Dani rapprocha les genoux de Cole et se mit à califourchon sur ses cuisses, nichant ses jambes minces de part et d'autre des siennes.

— C'est toi qui as dit que je n'étais pas ta petite amie.

Parce que tu es ma compagne. Il se retint de le lui dire, mais il était de plus en plus facile de penser ainsi. Il n'avait jamais eu l'intention de la renier, mais plus il passait de temps avec elle, plus il se rendait compte qu'elle n'était pas une créature sans défense, contrairement aux apparences.

Ou plus exactement, son visage lui faisait penser qu'elle était trop jeune. Parce que lorsqu'elle fit basculer ses hanches... bon sang, ces hanches... au-dessus de ses cuisses, ses seins se retrouvèrent directement devant lui.

Une distraction des plus puissantes. Il n'avait qu'une envie, tendre les mains, enrouler ses paumes autour d'elle, et soulever le lourd poids jusqu'à sa bouche. Et ce, après lui avoir retiré l'intégralité de ses vêtements, bien évidemment. Il n'était pas un sauvage.

La seule chose qu'il s'autorisa à faire fut de glisser ses doigts le long des cuisses de la jeune femme jusqu'à ses hanches, puis d'avancer doucement ses mains vers l'arrière, petit à petit, vers le renflement de ses fesses. Le rythme musical puissant le traversait aussi, palpitant dans toutes ses extrémités, y compris son sexe.

Dani se rapprocha, ses seins frôlant brièvement son torse. Elle se pencha et croisa son regard.

— Tu sais, j'ai été un peu déçue hier soir.

Au diable les convenances ! Cole empoigna ses hanches et la tira vers l'avant, alignant son intimité sur la longueur douloureuse qui tentait de se libérer de son pantalon.

Les petits halètements de plaisir qui s'échappèrent des lèvres de la jeune femme envoyèrent une nouvelle impulsion en lui, tout aussi forte que le plaisir physique.

— Mais tu avais chaud, n'est-ce pas ? J'ai tenu ma promesse.

Elle passa les mains sur les épaules de Cole et descendit dans son dos, passant ses ongles sur le tissu de son T-shirt. Ce geste la rapprocha de lui ; leurs corps étaient étroitement collés lorsqu'elle frôla ses lèvres des siennes.

— C'est vrai. Mais je suis quand même en colère contre toi.

Il la fit balancer d'avant en arrière à un rythme lent et obscène.

— Je peux peut-être me rattraper. Une fois que nous aurons terminé ici. Tu peux revenir chez moi. Et nous pourrions avoir une bonne, longue... et intense... conversation, conclut-il en la tirant et la plaquant contre son sexe.

Les yeux de Dani se fermèrent, et elle ronronna de plaisir.

— Ça m'a l'air très amusant. Seulement, je me disais qu'on pourrait commencer quelque chose ici même. Tout de suite.

C'était la mauvaise idée la plus brillante que Cole ait jamais entendue.

— Ici même ? Tout de suite ?

— Oui, dit-elle en frottant sa poitrine contre lui.

Il se demanda si son cerveau n'était pas en train de lui dégouliner des oreilles.

— Ta sœur ne va pas tarder à revenir, la prévint-il.

Ce qui signifiait que l'énorme ours serait également de retour, et même si Justin savait que Cole et Dani étaient des compagnons, Cole ignorait combien de temps il vivrait si le grand ours estimait qu'il lui manquait de respect.

Dani le regarda droit dans les yeux, et il se ficha éperdument de ce que pouvait penser un gros ours. Car elle se léchait lentement les lèvres et enflammait toutes les terminaisons nerveuses de son corps sans même chercher à le faire.

— Ce sera rapide, lui promit-elle.

Non. Pas un truc vite fait ! En dépit des hurlements de protestation de son loup, Cole conservait assez de bon sens pour savoir que ce n'était pas ainsi qu'il comptait prendre sa compagne pour la première fois. Mais lorsqu'elle posa ses lèvres sur les siennes, il ne put résister. Il la serra contre lui jusqu'à ce qu'il n'y ait plus un centimètre entre leurs deux corps. Ses lèvres douces s'ouvrirent sous les siennes et, comme le meilleur des vins, lui montèrent directement à la tête. Sa bouche était une distraction irrésistible, et ses mains glissaient sur lui, le long de ses bras, autour de son torse. Elle le tirait de-ci de-là, et il y consentait volontiers parce qu'il avait encore les lèvres de la jeune femme.

Et ses dents. Et sa langue. Et ses lèvres et ses petits gémissements. Cole sentit monter dans sa poitrine un grognement incontrôlable.

Son prochain geste ne serait pas très judicieux, mais c'était plus fort que lui. S'il l'attrapait par les hanches, il ne lui faudrait que quelques secondes pour les déshabiller tous les deux, l'allonger sur la table de réunion et la pénétrer...

Ses mains refusèrent de bouger. Cole agita son torse en arrière, tentant de dégager ses mains, mais elles étaient collées comme de la glu dans une position ouverte.

Pire encore, la seconde d'après, Dani n'était plus là. Elle se tenait devant lui, et sa poitrine se gonflait tandis qu'elle luttait pour respirer.

Cole baissa les yeux, choqué de constater que ses poignets et les accoudoirs de la chaise étaient entourés d'argent.

— Mais c'est quoi ça ? C'est du *ruban adhésif* ?

Elle se pencha alors et lui colla une autre bande sur le torse, le contournant jusqu'à ce qu'elle se tienne dans son dos, le menton posé sur son épaule, tandis qu'elle parlait doucement. Ses lèvres lui chatouillèrent l'oreille, mais ses mains continuaient à faire leur travail en l'enveloppant sans s'arrêter, tandis qu'une douzaine d'autres couches de ruban adhésif l'attachaient au dossier de la chaise.

— Eh bien, c'était beaucoup plus stimulant que ce à quoi je m'attendais.

— Dani. Laisse-moi partir tout de suite.

— Je ne peux pas, dit-elle d'une voix teintée de regrets qui semblaient sincères.

Mais cela ne changeait rien à sa situation actuelle. Cole se débattit contre les liens tandis qu'elle poursuivait.

— J'ai pris un engagement et, malheureusement, rester ici ne fera que compliquer les choses. Ma sœur ne sera pas d'accord pour accepter une courte visite, alors je n'ai pas d'autre choix que de partir tout de suite. Mais je ne suis pas vraiment en train de te fuir. Je veux que ce soit clair. Alors quand tu auras fini d'être grincheux, viens me retrouver. Je suis prête à jouer si tu es assez doué pour me suivre à nouveau à la trace.

Cole laissa sortir un véritable grognement, et son loup se hérissa. Il fut tenté de se transformer à ce moment précis. Mais elle était en train d'attacher ses cuisses à la chaise, en bougeant ses mains si rapidement que s'il s'était transformé, son loup ne serait plus qu'un amalgame de vêtements et de ruban adhésif.

— Je ne vais pas te laisser t'en tirer comme ça, la prévint-il.

Enveloppé plus étroitement qu'une momie, il lui jeta un regard noir lorsqu'elle se plaça devant lui, jetant le rouleau de ruban adhésif vide derrière elle.

— J'espère bien que non.

Elle se pencha et l'embrassa une dernière fois. Son goût envoûtant, addictif, l'envahit. Il aurait dû...

Il ne pouvait rien faire, à moins de vouloir la mordre. Certes, il en avait envie, mais pas de cette façon. Il la voulait nue en dessous de lui, son sexe enfoui en elle, ses dents sur son cou alors qu'il la prendrait jusqu'à l'épuisement.

Elle recula avec un sourire amical.

— À plus tard, Balthazar.

— Tu es salement dans le pétrin...

Cette maudite femme lui plaqua un morceau de ruban adhésif sur la bouche.

Elle agita ensuite les doigts en guise d'adieu. Jetant un coup d'œil à la porte par laquelle les autres étaient sortis, elle se glissa à l'arrière, redevenant une ombre silencieuse alors qu'elle s'échappait sans un bruit.

Un instant plus tard, la musique s'arrêta et Cole se retrouva seul dans le calme de la boutique. Furieux, il préparait sa vengeance.

Les autres semblèrent mettre une éternité à terminer ce à quoi ils étaient occupés, mais moins d'une demi-heure plus tard, la porte de sa boutique s'ouvrit et l'odeur des ours et du lynx lui parvint.

Cole grommela derrière son bâillon et, soudain, l'ours le libéra de ses liens, coupant soigneusement avec un couteau bien aiguisé le solide ruban adhésif sans le blesser.

Nadia ne fut pas aussi douce. Elle tendit simplement la main pour arracher le morceau qui lui couvrait les lèvres.

Il rugit de douleur tout en se levant d'un bond, puis se tourna vers eux, frustré.

— Elle est partie. Elle est partie depuis une demi-heure, et maintenant je vais devoir la retrouver à nouveau.

— Bonne chance pour ça, dit Mandy en se rapprochant de son amant ours lorsque le loup de Cole lui adressa un méchant grognement.

— Recule, l'avertit Justin. C'est compliqué de manger sans dents, et encore plus de traquer quelqu'un quand on a plus de nez.

Bon, il n'avait aucune envie de se mettre à dos le mastodonte, mais il fallait bien que quelqu'un soit responsable du fait que Dani lui ait fait faux bond. Une fois encore.

Cole s'en prit à Nadia.

— Pourquoi tu ne l'as pas arrêtée ?

— Parce que je ne fais qu'empêcher les choses qui ne devraient pas se produire.

Elle lui sourit.

N'importe quoi.

— Je ne voulais *pas* être attaché.

Nadia haussa un sourcil.

— Tu en es sûr, mon chéri ? Mais, attends… ce n'est pas moi qui ai besoin de connaître tous tes secrets pervers. Tu ferais mieux d'en parler avec Danielle quand tu l'auras rattrapée.

Il grogna plus fort. *Très fort.*

— Si tu l'attrapes.

Il ne prit pas la peine de répondre, se contentant de tourner le dos et de repartir au pas de course en direction de sa cible.

Son odeur était trop facile à suivre, mais c'était encore pire. C'était comme si elle le croyait si incompétent qu'elle ne faisait pas le moindre effort pour lui échapper.

Elle est à nous. Retrouve-la. Prends-la.

Peut-être que son loup avait raison. Il était peut-être temps de cesser de jouer. Prophétie ou pas, elle était *à lui*. Cole prit une profonde inspiration et se prépara à la poursuite.

Sa compagne était sur le point de découvrir à quel point un grand méchant loup pouvait se montrer méchant.

6

————————

*D*ani savait qu'elle n'avait pas beaucoup de temps avant que Cole ne se libère, et comme son but n'était pas de l'éviter, elle retourna directement à la cabane.

Pendant toute sa course vers le nord, elle réfréna l'envie de plonger dans le premier tas de neige et de s'y rouler comme un ourson exalté. Tout s'était déroulé mieux qu'elle ne l'avait espéré. Sa sœur était heureuse et en sécurité, et même si elle ne l'avait pas encore dit, Dani était sûre qu'Amanda allait soit revenir à la tête de l'île de Kodiak, soit trouver la personne la mieux placée pour le faire.

Ce n'était pas Dani, et c'était la seule chose qui lui importait.

C'était peut-être un peu égoïste, mais elle n'en avait pas vraiment l'impression. Durant les années d'absence d'Amanda, Dani avait fait sa part pour aider leur grand-mère. La vieille femme n'avait pas été le plus sympathique des mentors, ce qui expliquait sans doute pourquoi Dani avait été tellement attirée par Charlene lorsqu'elle était entrée en scène.

Charlene, qui l'attendait dans trois jours à peine.

Dani prit une grande inspiration et partit à toute vitesse vers le nord, en direction de la cabane. Après son petit tour de ligotage, elle était presque sûre que Cole serait juste sur ses talons. Elle avait bien l'intention d'être prête pour lui.

Finalement, elle arriva à la cabane suffisamment tôt pour allumer le feu, prendre une douche et rassembler quelques affaires au cas où ils auraient faim une fois leurs efforts terminés. Car Dani avait l'intention de brûler de nombreuses calories dès l'arrivée du loup bourru. Trois jours signifiaient seulement deux nuits, et elle allait en profiter au maximum.

La seule chose qu'elle déplorait, c'était d'avoir dû, une fois de plus, fouiller dans le coffre pour trouver des vêtements. Les options se faisaient de plus en plus rares, et le mieux qu'elle avait pu trouver cette fois-ci était une chemise en flanelle trop grande, dont les pans lui arrivaient presque aux genoux.

Elle prit un vieux National Geographic sur l'étagère et s'assit sur le lit, l'édredon tiré autour d'elle, en attendant l'arrivée de son loup.

Il était près de dix-neuf heures lorsque des pas lourds se firent entendre sur les planches de bois à l'extérieur de la porte.

— C'est déverrouillé, dit-elle. Ne la casse pas à nouveau.

La porte s'ouvrit lentement et Cole entra. Il était l'image de la perfection masculine, et il était nu.

Ce qui rendait cette perfection encore plus parfaite.

Elle se saisit d'un oreiller et le serra devant elle en soupirant joyeusement.

— Tu as réussi !

Il s'avança, ses yeux sombres étincelants rivés sur elle comme des poignards.

— Tu as un sens de l'humour très étrange, fillette.

Hmm. Rien de tout cela.

— Je croyais que nous nous étions mis d'accord pour arrêter ces conneries de *fillette* ? J'ai vingt et un ans, j'ai un permis de conduire international et je peux escalader l'extérieur de n'importe quel bâtiment.

Elle lui indiqua la chaise où elle avait jeté un pantalon et une chemise.

Il les enfila.

— J'ignore si c'est le genre de compétences que tu devrais mentionner lors de ton prochain entretien professionnel.

— Pourrais-tu au moins reconnaître que je suis une adulte ? exigea-t-elle.

Cole se laissa tomber sur la chaise, laissant une grande distance entre le lit et lui. Dani scruta cet espace avec tristesse, mais ils ne pouvaient sans doute pas faire l'amour sans arrêt pendant les trois prochains jours. Pas sans être vraiment *très* irrités.

— Tu es une adulte.

Il sembla un peu défait en l'admettant. Elle l'observa attentivement tandis qu'il levait les yeux vers elle.

— Tu as mentionné que nous nous sommes rencontrés dans des circonstances très étranges, et tu as raison. Nous pouvons tirer un trait sur une partie de tout cela, mais pour information ? Tu as le droit d'emprunter du matériel à la boutique, mais j'apprécierais que tu me demandes la permission d'abord.

C'était bien plus raisonnable que prévu.

— D'accord.

Dani jeta l'oreiller et l'édredon et se tortilla jusqu'au bord du lit. Elle posa les pieds au sol et se dirigea vers l'endroit où une casserole d'eau attendait d'être posée sur le feu.

Elle tira la chaise qui se trouvait dans le coin opposé de la table et s'y installa en repliant ses jambes sous elle. Une étrange gêne planait dans l'air, à laquelle elle ne s'était pas attendue. Pas après les baisers torrides qu'ils avaient échangés. Pas une fois qu'il avait compris qu'elle n'avait pas menti sur son identité.

Tu mens encore sur qui tu es, lui fit remarquer son ourse.

Pas complètement, insista-t-elle.

Cole tendit la main par-dessus la table pour prendre la sienne, et son cœur manqua un battement.

— Nous devons repartir de zéro. Mais pas totalement, parce que j'aime ce que j'ai découvert sur toi jusqu'à présent.

Il m'aime bien. Il m'aime vraiment bien.

— Oh ? fit-elle du ton le plus désinvolte possible.

Cole passa son pouce sur le dos de sa main.

— Tu es effrontée, audacieuse, et terriblement sexy. Et déterminée, aussi. Tu as vraiment suivi ta sœur jusqu'à Whitehorse, puis jusqu'à Chicken ?

Dani acquiesça.

Il grimaça.

— Ce n'est pas une nouvelle pique sur ton âge, mais tu sembles vraiment très jeune pour avoir ce genre de compétences, comme la traque, l'escalade de grands bâtiments, l'intrusion dans des bureaux sécurisés et le blocage des caméras de sécurité.

Oh, bon sang. Cette conversation arrivait bien plus tôt qu'elle ne l'avait prévu.

— Il n'y avait pas grand-chose à faire sur l'île de Kodiak, à part étudier.

— Comment as-tu fait pour trouver une école de ninja sur une île isolée ? lui demanda Cole d'une voix douce.

Parce que tu as des compétences uniques, chérie. Et que je suis un peu perdu.

Elle se sentait perdue, elle aussi, et son sang bouillonna tandis qu'il continuait à lui caresser la peau. Sa main large et forte la tenait délicatement, mais le frôlement d'avant en arrière était insistant et impossible à ignorer. Il retourna la main de Dani et frotta l'intérieur de son poignet, mettant toutes ses terminaisons nerveuses au garde-à-vous.

Elle avait étudié l'anatomie. Elle était certaine qu'il n'y avait aucun lien direct entre son poignet et son clitoris, mais à cet instant précis, elle n'aurait pas parié dessus.

— Je ne peux pas en parler, avoua-t-elle dans un moment de faiblesse. Un peu comme toi tu ne peux pas parler de ton *destin ultime*.

Cole ricana.

— Touché.

Il souleva la main de Dani pour pouvoir poser ses lèvres sur l'intérieur de son poignet. Comme s'il avait déclenché une bombe, quelque chose remonta le long de son bras jusqu'à sa poitrine. La chaleur se répandit à mesure qu'il embrassait, puis léchait, puis posait ses dents sur sa peau et la mordillait.

— Cole ?

— Hmm ?

— Puisqu'il y a un tas de choses dont tu ne peux pas parler, et qu'il en va de même pour moi...

Il la rapprocha de lui, remontant le long de son bras jusqu'à l'intérieur de son coude.

— Hmm ?

— Peut-être que nous ne devrions pas parler. Peut-être que nous devrions seulement... *tu sais*.

Il la saisit par les hanches et la souleva dans les airs comme si elle ne pesait rien. Il la fit descendre sur ses genoux, laissant tomber le bras de Dani sur son épaule tandis qu'il faisait glisser un doigt sur le côté de sa gorge et le long du col en V de sa chemise.

— Tu crois que nous devrions... *tu sais*... C'est assez ouvert à l'interprétation.

Dani se retrouva soudain sans voix. Elle n'avait jamais rechigné à parler de sexe auparavant, mais là, il lui semblait presque impossible de sortir les mots.

— Je veux...

Il défit son premier bouton, caressant le haut de ses seins nus avec ses doigts.

Oh, bon sang. Dani déglutit avec difficulté.

— J'ai besoin de t'avoir...

Cole défit un autre bouton, les yeux rivés sur son corps.

— J'ai besoin de t'avoir aussi.

Il chuchota les mots comme à contrecœur, mais elle s'en moquait, car il venait de défaire un bouton supplémentaire. Assez pour écarter le tissu et le faire retomber sur l'une de ses épaules, dévoilant sa poitrine. Dans un lent mouvement en forme de huit, ses doigts caressèrent l'extérieur d'un sein, puis l'autre, se refermant lentement sur les mamelons qui s'étaient tendus en pics raides.

Il acheva de repousser sa chemise de ses épaules, et celle-ci s'agglutina autour de sa taille, un amas de tissu réchauffé par son corps, couvrant à peine ses hanches et son sexe.

— Tu es si belle, murmura-t-il en la touchant avec révérence.

Dani s'en voulait de lui avoir donné un T-shirt.

— Tu dois te déshabiller, chuchota-t-elle.

— Plus tard, lui promit-il, et elle comprit que c'était réellement une promesse.

Elle le devinait à son ton et à ce profond grondement de

désir qui émanait de sa poitrine. Elle fut incapable de l'obliger à le faire tout de suite, car il ajusta sa position sur ses genoux, la soulevant de manière à ce que ses seins soient alignés avec sa tête.

Le sourire qu'il affichait était très gratifiant.

Dani glissa les doigts dans ses cheveux épais tandis qu'il la rapprochait de lui pour refermer ses lèvres autour d'un mamelon. Une chaleur humide l'enveloppa, et lorsqu'il se mit à sucer, le plaisir jaillit de son sein pour se propager au creux de son ventre.

Il la mordit, et elle resserra involontairement les doigts, tirant sur ses cheveux. Cole grogna, un son féroce et sexy, et quelque chose en Dani se mit à fondre.

— J'aime ça, avoua-t-elle. J'aime tout ce que tu es en train de faire.

Cole l'aspira très fort pendant une seconde avant de se retirer, et son sein s'échappant avec un bruit sec.

— Tant mieux. Parce que je n'ai pas l'intention de m'arrêter de sitôt.

ON AVAIT DÉJÀ VU MIEUX en matière de plans bien conçus. Même si Cole avait bien eu l'intention de revenir et de s'occuper de Dani, et bien sûr, de faire l'amour, il ne s'attendait pas à ce qu'ils se retrouvent au lit tout de suite.

Arrête de réfléchir, continue d'agir, lui ordonna son loup.

D'accord, la bête avait raison. Certaines choses étaient tout simplement naturelles pour les métamorphes, et le désir de faire des galipettes avec leur compagnon était au sommet de cette liste.

Ce qui ne signifiait pas qu'il devait le faire, étant donné

tout ce dont ils devaient parler. Mais non. « *Hé, au fait, il y a une prophétie qui me concerne et qui dit que dès que j'aurai trouvé ma compagne, nous devrons partir vers le nord, sans doute pour le reste de notre vie* » ne semblait guère être le genre de chose à balancer à l'improviste à quelqu'un qui était en fait une princesse.

Le comble, c'était qu'il n'avait aucun moyen d'enrayer le cours des choses. Les faits étaient les faits. Ils étaient compagnons. Ils allaient s'accoupler. Et la prophétie se réaliserait, avec ou sans leur coopération.

Elle devait partir avec lui, et c'était cette partie qui menaçait de le déchirer. Maintenant qu'il l'avait trouvée, maintenant qu'il avait eu un peu de temps pour digérer le fait qu'elle était jeune... il ne voulait pas la laisser partir. Mais il ne voulait pas non plus qu'elle soit *contrainte* à quoi que ce soit. Lui au moins avait eu des années pour se faire à l'idée d'être sous le contrôle de l'univers.

À quel point serait-elle contrariée que son avenir ne lui appartienne pas ?

C'était l'une des raisons pour lesquelles il évitait cette conversation pourtant nécessaire. Ou peut-être se retenait-il de parler parce qu'elle était la femme la plus sexy qu'il ait jamais vue de sa vie, sans la moindre exception. C'était en partie son loup qui parlait. La perfection de sa compagne était un beau et merveilleux cadeau des dieux de l'accouplement, mais c'était vrai.

Maintenant, alors qu'elle était assise sur ses genoux, à nouveau plaquée contre cette pierre rigide qu'était devenue son érection, elle n'était que douceur et peau à la saveur sucrée. Il lécha l'un de ses seins et en fit le tour, savourant son gémissement de plaisir. C'était une musique bien plus agréable que celle qui avait résonné en fond plus tôt dans l'après-midi, lorsqu'elle l'avait ligoté.

Elle l'avait ligoté. Cole rit. Bon sang, elle était douée !

Mais lui aussi l'était. En fait, il avait même l'intention de se montrer brillant lorsqu'il s'agirait de rendre sa compagne folle de plaisir.

Il se leva et s'avança vers le lit, la portant dans ses bras. Il ajusta sa prise de manière à ce que le tissu qui s'était accroché à sa taille glisse sur ses hanches douces jusqu'au sol, la laissant nue. Cole l'abaissa sur le matelas et la suivit. La couvrant de son corps, il s'empara à nouveau de ses lèvres.

Elle répondit à cette douce séduction en jouant de ses lèvres et de ses dents.

Dani empoigna le tissu de son T-shirt et tira.

— Retire ça ! exigea-t-elle.

Il était déjà malheureux qu'elle ait éloigné ses lèvres des siennes, mais elle avait raison. Ils n'avaient pas besoin d'autres interruptions, et ces vêtements allaient assurément se mettre en travers de son chemin. Il recula suffisamment pour passer la main par-dessus sa tête et tirer le T-shirt vers l'avant pour l'ôter. Elle posa ses mains sur ses hanches, repoussant le haut de son pantalon, alors il roula sur le côté et le retira, secouant ses chevilles jusqu'à ce que le tissu s'envole dans les airs pour atterrir sur le sol.

Il revint alors sur elle, s'abaissant lentement, centimètre par centimètre. Leurs peaux entrèrent en contact, et la sensation était délicieuse. La température était brûlante : ce n'était pas seulement de la peau, mais une autre sorte de connexion qui s'enflammait entre eux à mesure qu'ils se touchaient.

Son torse et les seins de Dani. Leurs ventres. Leurs hanches, ses cuisses qui s'ouvraient tandis que son membre se nichait avec bonheur contre la chaleur de son sexe.

Dani releva les jambes et les enroula autour des

hanches de Cole, et lorsqu'il posa à nouveau ses lèvres sur les siennes, il bascula. Juste un centimètre ou deux, mais assez pour que sa moiteur recouvre son sexe.

Le frémissement débuta dans ses avant-bras, remontant le long de ses biceps alors qu'il la frôlait à peine. Il lutta pour ne pas l'écraser, pour ne pas basculer ses hanches vers l'avant et enfouir la totalité de son membre d'un seul coup.

Dani prit son visage dans ses mains, déplaçant doucement ses lèvres contre les siennes. Des baisers de princesse qui dansaient sur son visage alors qu'il avait des pensées salaces.

Il raffermit son contrôle. Il lui mordit la lèvre inférieure, puis savoura le petit halètement qui lui échappa.

— Je vais te dévorer, la prévint-il. Je vais te lécher, te goûter, et te mordre partout jusqu'à ce que tu jouisses si fort que tu ne pourras plus bouger. Je vais te faire mienne de toutes les façons possibles. D'accord ?

Il fit glisser ses dents le long de son cou, résistant à la tentation de mordre.

Elle se cambra, se rapprochant de lui comme si elle le suppliait.

— Oui.

Il lui obéit. Il embrassa son corps, descendant le long de sa clavicule. Il s'arrêta à nouveau sur ses seins, totalement irrésistibles. Il posa une main autour de sa cage thoracique et fit glisser ses doigts jusqu'à son nombril. Tandis qu'il déposait des baisers de plus en plus bas, sa main alla se glisser entre ses jambes – et quelles jambes ! – pour la tourmenter. Ses doigts glissèrent au travers de sa moiteur, d'un côté, puis de l'autre. Il tourna lentement autour de son clitoris, sans jamais toucher le bourgeon durci.

Elle avait enfoui ses doigts dans ses cheveux et essayait

de le tirer plus bas. Cole enfonça sa langue dans le nombril de la jeune femme et rit.

Dani jura.

— Allumeur.

Il glissa un doigt en elle, son excitation facilitant son passage.

— C'est moi qui commande. Mais je te promets que tu vas aimer.

Elle gémit de plus en plus fort à mesure qu'il s'enfonçait plus profondément, courbant le bout de son doigt contre l'avant de son sexe. Il se retira et elle protesta, mais lorsqu'il voulut ajouter un deuxième doigt, Cole hésita.

Elle était étroite. Très, *très* étroite, et même si elle était vraiment excitée, elle se crispa lorsqu'il enfonça lentement la largeur de deux doigts en elle.

Cole embrassa le sommet de son sexe, glissant ses doigts dans sa bouche pour les humidifier au cas où il se tromperait, mais à nouveau, lorsqu'il les enfonça, elle se tortilla d'inconfort.

Le corps de la jeune femme entourait ses doigts comme un gant trop serré. Il posa le front contre le ventre de Dani, inspira profondément, puis il se redressa et attendit qu'elle croise son regard.

— Tu n'as jamais fait ça avant, n'est-ce pas ?

Elle se mordit la lèvre inférieure, puis tenta de la jouer légère et guillerette.

— J'ai eu beaucoup d'orgasmes.

— Toute seule, remarqua-t-il en retirant lentement ses doigts.

— Je t'en prie, ne t'arrête pas ! le supplia-t-elle, se pliant en deux pour attraper sa main, qu'elle coinça entre ses cuisses. J'ai envie de ça. J'ai envie de *toi*.

Lui aussi avait envie d'elle, et il l'aurait, mais désormais, il était vraiment hors de question de s'envoyer en l'air comme des animaux. Il lutta pour garder le contrôle et se concentra sur un objectif : lui donner ce dont elle avait besoin.

— Je t'ai promis un orgasme. Tu vas l'avoir.

Elle détendit ses doigts, et toute tension sembla se dissiper alors qu'elle lui caressait les cheveux. La chaleur de son regard le brûla et il changea de position, écartant davantage les jambes de la jeune femme pour s'installer entre elles. Puis il détourna les yeux de son visage suppliant et baissa le regard.

De jolies boucles recouvraient son sexe, et il bougea lentement, les écartant avec ses doigts. L'odeur enivrante de sa compagne excitée agissait sur lui aussi efficacement que le ruban adhésif l'avait fait quelques heures plus tôt.

Cole passa la langue sur le sexe de Dani. Il remonta d'un côté, marqua une pause, lécha vigoureusement son clitoris en se servant de la partie la plus rugueuse de sa langue et en exerçant une pression suffisante pour que les hanches de la jeune femme frétillent. Il la plaqua contre le matelas. Puis il recommença. Il la taquina, hésita, la caressa fermement pour s'imprégner de son goût pour ne jamais l'oublier, pour qu'elle ne sorte jamais de son organisme.

Il ne voulait pas qu'elle s'en aille. Il voulait s'imprégner d'elle. Se rouler dans ses bras et se couvrir de son parfum jusqu'à ce qu'elle soit lui, et qu'il soit elle, et que tous deux créent leur propre mélange unique, et que tous ceux qui les croisent sachent qu'elle était prise.

À moi. Le sentiment d'urgence augmenta rapidement.

Dani laissa échapper un faible gémissement, plus aigu maintenant, puis plus discret, des halètements staccato alors qu'il la léchait rapidement. Mais alors qu'il jouait avec son joli sexe, la caressant sans relâche avec sa langue, il replaça délicatement ses doigts. Seulement jusqu'à la première articulation, à plusieurs reprises jusqu'à ce que son corps s'assouplisse et qu'il puisse l'étirer.

C'était un supplice d'aller si lentement : s'il avait été un loup plus jeune, il n'aurait pas été capable de résister à cette exigence. En réalité, il était poussé dans ses derniers retranchements, mais voir Dani en proie à un intense plaisir en valait la peine.

Une couche de sueur se forma sur la peau de la jeune femme. Elle attrapa ses seins et il tendit la main pour l'aider. Pinçant un mamelon entre le pouce et l'index, il multiplia les coups de langue et les pénétrations, savourant les sons qui s'échappaient des lèvres de la jeune femme alors qu'il la conduisait de plus en plus près du gouffre.

Il la poussa jusqu'à ce qu'elle bascule, et le cri de plaisir qu'elle poussa le traversa comme si elle l'avait transpercé. La douce chaleur de son corps palpita autour de ses doigts, ses hanches se soulevèrent contre sa bouche tandis qu'il redoublait d'ardeur. Qu'il lui imposait du plaisir. Encore, et encore, jusqu'à ce qu'elle ne se contente plus de gémir, mais qu'elle crie. Qu'elle crie son nom. Qu'elle crie des jurons. Et puis son nom, plus fort cette fois.

Cole joua ainsi jusqu'à ce que les répliques cessent, soit très longtemps, car chaque nouveau coup de langue, chaque mouvement lent de ses doigts la faisaient se soulever et presque léviter au-dessus du matelas. Sa capacité de maîtrise ne tenait plus qu'à un fil, de plus en plus ténu, mais il tenait bon. D'une manière ou d'une autre. Mais plus pour longtemps.

— Oh. Mon. Dieu !

Dani expira longuement, tendit la main vers lui et tira sur ses épaules comme si elle voulait qu'il se colle à elle. Et il en avait envie... terriblement envie, mais...

Il céda un instant, se collant à nouveau contre elle pour que leurs corps soient intimement liés. Il s'empara de ses lèvres dans un baiser qui cherchait fébrilement à répondre à ses besoins insatisfaits. Elle voulut enrouler les jambes autour de ses hanches pour le rapprocher d'elle, mais il résista.

Il la fit ralentir, s'apaiser. Il passa la main sur le côté de son visage, puis sur son cou. Il descendit le long de son buste jusqu'à ce qu'elle devienne toute tendre et qu'elle ronronne presque lorsqu'il la caressait.

Il déposa un dernier baiser sur ses lèvres. Un sur le bout de son nez. Elle rit et se tortilla lorsqu'il se souleva pour déposer un baiser sur son front, puis, avant qu'elle ne puisse protester, il s'éloigna. Limite atteinte. Son animal réclamait sa libération, mais l'homme se retenait à grand-peine.

Elle le suivit des yeux, le brouillard du plaisir se dissipant peu à peu, laissant place à la confusion.

— Où vas-tu ?

Il s'obligea à continuer d'avancer.

— Je reviens. J'ai besoin d'air frais.

Le silence régna pendant une seconde.

— Quoi ?

Il était en train de s'accorder de l'espace. De l'espace pour respirer parce qu'elle était sa compagne, et que oui, c'était une adulte. Mais elle n'était pas prête pour lui. Elle n'était pas prête face au désir qu'il avait d'elle, et vu qu'il était à deux doigts de perdre la maîtrise de lui-même, ce n'était pas le moment de s'expliquer.

Il franchit la porte et s'enfonça dans la neige tombante, au moment même où elle sortait du lit pour le suivre. Il se transforma en pleine course, réussissant à ne pas s'emmêler les pieds alors qu'il passait de deux à quatre membres au sol.

Cole courut.

Il ne la fuyait pas, il courait pour pouvoir revenir. Pour pouvoir être celui dont elle avait besoin, pas une créature sauvage qui la prendrait sans réfléchir ni se soucier d'elle, mais celui qui la prendrait comme un compagnon. Comme quelqu'un qui pensait qu'elle était la chose la plus importante dans sa vie, et la plus précieuse aussi.

Il fallait la protéger, s'occuper d'elle et faire tout ce qu'il était incapable de faire à cet instant parce qu'un désir sauvage s'était emparé de lui et que c'était la bête qui contrôlait tout, et non l'homme.

Il courut dans la neige.

Quelque part dehors se trouvait son self-control, et jusqu'à ce qu'il le retrouve, Dani devrait attendre.

7

Dani agrippa le drap devant elle et fixa la porte fermée.

Qu'est-ce... Qu'est-ce qui venait de se passer ?

Il l'avait quittée ?

Elle traversa la pièce en courant, ouvrit la porte et observa la neige qui tourbillonnait. Un vent glacial s'engouffra autour d'elle, lui donnant la chair de poule. Mais pas une chair de poule sexy comme celle qu'elle avait encore une minute plus tôt. Le genre qui s'emparait d'une femme quand un certain loup sexy, talentueux et abruti était à deux doigts de la prendre.

Non. Maintenant, elle avait le blues façon « Je suis toute seule dans une cabane isolée et l'homme avec qui je pensais faire l'amour court quelque part dans sa fourrure aussi loin de moi que possible et aussi vite qu'il le peut ».

Elle posa les poings sur les hanches et regarda la nature pendant trente secondes, puis claqua la porte.

Avant de réfléchir.

Elle rouvrit la porte et se pencha en avant pour crier aussi fort qu'elle le pouvait.

— *Abruti !*

Puis elle recula et la claqua une nouvelle fois.

Dani s'essuya les mains puis traversa la pièce pour récupérer sa chemise qu'ils avaient balancée dans le feu de l'action.

Ah ! Sacré feu du moment, s'il pouvait l'éteindre aussi facilement pour aller faire son jogging.

Bon sang, mais qu'est-ce qui s'était passé ? Ce n'était pas qu'il ne la trouvait pas attirante. La réaction de son corps ne laissait aucun doute, et les hommes ne donnaient pas tant de plaisir à une femme qu'elle en voyait des étoiles sans vouloir qu'elle ressente cela. Du moins, elle en était presque sûre. C'était ce qu'elle avait entendu dire.

Certes, elle n'avait pas d'expérience...

Oh, mince !

Son manque d'expérience. Oui, c'était à ce moment-là que le vent avait tourné.

Le pauvre, il avait dû méchamment flipper en découvrant qu'elle était encore vierge. Elle ne s'y était pas particulièrement accrochée, mais l'île de Kodiak était un peu le bout de l'univers, et entre ses études et sa parenté avec quatre-vingt-dix pour cent de la population, quand aurait-elle pu perdre sa virginité ?

D'accord. Ceci expliquait cela. Il reviendrait.

Dani se rassura fermement en se distrayant une fois de plus jusqu'à ce que le grand gaillard revienne. Mais à vrai dire, mieux valait qu'il ne prenne pas l'habitude de s'arrêter aléatoirement en plein coït. Ce n'était pas très amusant, ni pour l'un ni pour l'autre.

Le vent se leva et percuta les murs de la cabane, avec des rafales assez fortes pour faire trembler les fenêtres. Dani alimenta le feu et laissa la porte du poêle ouverte pour pouvoir contempler les flammes vacillantes. Le crépitement et l'odeur de la fumée de bois transformaient la pièce en un refuge contre le monde extérieur.

Confortablement lovée dans son fauteuil en attendant le retour de Cole, Dani eut tout le loisir de réfléchir. Elle était reconnaissante envers Charlene d'avoir offert à une petite fille isolée un avenir auquel rêver dans le vaste monde. Mais le peu de temps que Dani avait passé auprès de Cole lui avait fait comprendre qu'il lui restait encore beaucoup d'autres choses à découvrir. Travailler pour Charlene était une bonne chose, mais peut-être que...

Elle imagina le sourire dans les yeux de Cole. Celui qu'il essayait de dissimuler lorsqu'il trouvait amusant quelque chose qu'elle faisait.

Peut-être que travailler pour Charlene n'était pas l'unique bonne chose qu'elle pouvait espérer de l'avenir.

La porte s'ouvrit, et elle se retourna pour sourire à Cole.

Ce n'était pas lui. À sa place, Michele entra dans la pièce, entièrement vêtue de noir. Elle balaya rapidement la pièce du regard avant de s'approcher de Dani.

— Timing parfait. Allons-y.

Dani secoua la tête, confuse.

— Pardon ?

Michele inclina la tête en direction de la porte.

— Allez ! Charlene m'a envoyée te chercher. Tu as vu ta sœur, n'est-ce pas ? Maintenant que c'est réglé, tu es censée retourner au camp de base.

— Mais Charlene a dit que j'avais une semaine.

Sa partenaire se rapprocha, observant Dani d'un œil désapprobateur.

— Mais tu as terminé ta tâche. Pourquoi voudrais-tu rester ici jusqu'à la fin de la semaine ? demanda-t-elle, agitant la main avec indifférence. Peu importe, car Charlene m'a demandé de te ramener.

Mince. Parmi toutes les surprises possibles, c'était la pire qu'elle pouvait imaginer...

D'accord, cela aurait été pire encore si Michele avait débarqué une heure plus tôt, alors qu'ils étaient encore en train de s'amuser. Ou si Cole n'avait pas choisi d'aller courir un marathon et que Michele les avait interrompus en plein milieu de leurs ébats... Dani ne pouvait rien imaginer de pire.

Elle était partagée. C'était exactement ce à quoi elle avait réfléchi, le dilemme de vouloir remercier Charlene pour tous les efforts qu'elle avait fournis pour que Dani ait quelque chose à espérer dans l'avenir, mais quitter Cole...

Dani prit les vêtements que Michele lui tendait, enfilant le pantalon et les bottes. Elle ajusta le tout avant de replacer le National Geographic sur l'étagère et de prendre un bloc-notes.

Pendant qu'elle s'habillait, Michele avait fait le tour de la cabane et avait retiré toutes les traces du passage de son amie. Elle avait fait le lit et rangé une tasse et une assiette de sorte que, si un inconnu entrait dans le refuge, il suppose que personne n'était venu ici en dehors de Cole.

C'était une sensation étrange que de voir disparaître tous les signes de sa présence dans cette pièce. Dani secoua la tête et tira le bloc-notes vers elle, posant le crayon sur la surface.

CHER COLE

Elle ne put aller plus loin avant que le bloc de papier ne lui soit arraché.

— Hé ! Rends-moi ça, exigea-t-elle.

Michel tint le bloc en l'air avant d'arracher la première page et de le reposer sur l'étagère.

— Tu connais les règles. Pas de liens. Il est hors de question que je te laisse écrire un message ! s'exclama-t-elle.

Elle froissa le papier en boule et le jeta dans le feu avant de froncer sévèrement les sourcils en direction de Dani.

— À quoi pensais-tu ?

Elle pensait à son loup, qu'elle aimait beaucoup, et que ce serait un peu dommage qu'il revienne et qu'il ignore pourquoi elle n'était plus là.

— Écoute...

— Non. Tu verras ça avec Charlene. Moi, je vais suivre les règles, ce que tu aurais fait il y a encore quelques jours, lui dit Michele, qui la regardait avec une pointe de dégoût dans les yeux. Qu'est-ce qui ne va pas chez toi ?

Qu'est-ce qui n'allait pas chez elle ? se demandait Dani.

Rien du tout. Où est notre loup ? demanda son ourse.

Ce problème était insoluble, à moins qu'elle ne veuille se bagarrer avec Michele. Et cette dernière était un puma. Niveau combat, Dani était légèrement dépassée avec elle.

Mais cela ne signifiait pas qu'elle devait se laisser faire.

Elle redressa les épaules et regarda Michele droit dans les yeux.

— Très bien. Je vais en parler à Charlene. Mais peut-être devrais-tu envisager qu'il y a des moments où il ne faut pas suivre aveuglément les règles, mais examiner la situation dans sa globalité et prendre la meilleure décision possible. Et tu peux me citer, parce que c'est l'une des leçons que Charlene nous a enseignées. Et si tu le veux en langage plus simple, il me semble que la version courte, c'était *Sers-toi de ton cerveau autant que tes muscles, abrutie*. Oups. La dernière partie, c'est moi qui l'ai improvisée.

Michele eut l'air choquée, mais elle poursuivit son chemin vers la porte, l'ouvrit d'un coup sec et fit un geste large pour que Dani passe en premier.

Elle était escortée vers la sortie, qu'elle le veuille ou non. Et elle ne le voulait pas. Soudain, il lui apparaissait clairement que si Dani avait le choix, elle resterait. Elle resterait pour s'amuser avec Cole, puis elle aurait une longue discussion avec ce loup bourru et sexy à propos de l'avenir, parce qu'elle était presque sûre que c'était ce qu'il voulait aussi.

Mais puisqu'elle avait pris un engagement, elle l'honorerait... jusqu'à un certain point. Elle comptait aller voir Charlene et lui dire que les plans avaient changé. Et si, sur le chemin de la planque secrète, Dani laissait quelques indices... Rien que quelques innocentes et accidentelles traces de leur passage...

Bref, si un certain loup revenait à la cabane et s'il avait assez de désir et d'intelligence, il serait capable de la retrouver.

Bien sûr qu'il le ferait. Dani traîna les pieds dans la neige sous le porche avant de faire semblant de suivre docilement Michele.

Une chose à la fois. Il l'avait déjà trouvée : il pouvait le refaire.

Je t'en prie Cole, refais-le.

Il était près de minuit lorsque Cole rentra en chancelant à la cabane, se déplaçant sur des jambes mal assurées alors qu'il titubait dans la cabine de douche. Il brisa la glace à la surface de l'eau dans le seau, et ne se donna pas la peine de la verser dans le système de douche élaboré. Il renversa le tout au-dessus de sa tête d'un seul coup, évacuant la sueur de son corps.

Ses cheveux lui pendaient devant les yeux, ses jambes

frémissaient. Il se secoua comme s'il était sous sa forme de loup, faisant voler des gouttes d'eau partout.

Il avait beau être épuisé, il y avait en lui un endroit où régnait maintenant une paix totale. Cole se contrôlait à nouveau, et il se sentait prêt à entrer dans la cabane et à prouver à Dani que non seulement ils étaient faits l'un pour l'autre, mais aussi qu'il était le compagnon idéal pour elle.

Il s'était montré têtu, bête et involontairement sans cœur en la quittant si brusquement. C'était la dernière fois qu'il se montrait aussi insensible.

Il ouvrit la porte, et le vent frais tournoya autour de lui lorsqu'il passa la tête à l'intérieur.

— Dani ?

Pas de réponse. Pire encore, il lui suffit d'un rapide coup d'œil dans la pièce pour comprendre qu'elle n'était pas là.

Il traversa la cabane à grands pas, notant rapidement les changements survenus depuis son départ. De petites choses, comme le fait qu'il n'y avait que des couverts et des assiettes pour une personne. Des choses plus visibles : il l'avait laissée étendue sur le lit, les draps en désordre à cause de ses poings qui s'étaient agrippés à l'édredon lorsqu'il l'avait entraînée dans une spirale orgasmique.

Tout avait désormais disparu. En revanche, il restait une chose...

Cole inspira profondément, humant l'air. La colère monta lorsqu'il se rendit compte qu'il y avait eu quelqu'un dans cette pièce avec Dani. La deuxième odeur, celle qui l'accompagnait à Chicken, était également présente.

L'avait-elle pris pour un imbécile depuis le début ?

Il enfila des vêtements, puis fouilla dans le coffre pour trouver des chaussures provisoires qui lui permettraient de faire le tour de la cabane dans l'obscurité et de vérifier qu'il ne s'était pas trompé. Qu'elle n'était pas simplement en train de faire une promenade innocente pour montrer les environs à son amie.

Il ne lui fallut pas longtemps pour découvrir que les traces s'éloignaient de la cabane en une seule ligne. Deux séries d'empreintes, qui recouvraient les traces d'une seule personne qui se dirigeait vers la cabane. La neige, agitée par le vent, comblait déjà les empreintes.

Un grognement monta en lui, la rage de son loup se déchaînant et enserrant son être humain si fort qu'il ne sentait plus le froid. Il retourna à la cabane en claquant des pieds sur les marches...

Son regard se posa sur la neige à côté de l'endroit d'où il était parti en trombe plus tôt. De très légères marques. Une flèche avec ce qui ressemblait à une demi-boucle.

Une façon d'indiquer une direction ?

Il se pencha plus près pour les examiner sous tous les angles. Se servant de ses yeux et de son nez. Il n'y avait aucun doute : c'était délibéré, et c'était Dani.

Dans quoi t'es-tu fourrée, fillette ?

Pas fillette, compagne, le corrigea son loup.

Oui, compagne, approuva Cole. *Mais elle a des ennuis aussi.*

Beaucoup d'ennuis.

Son loup frémit tant il ressentait le besoin de la suivre, de la traquer et la protéger, et Cole ne voyait pas le moindre inconvénient à céder à cette pulsion.

Mais d'abord, il se glissa jusqu'à l'étagère où il avait remarqué la radio la première fois qu'il était venu dans la cabane. Il manipula quelques fils et la brancha, puis appela son frère sur la fréquence d'urgence de leur maison. Il fit les cent pas en attendant, avalant de la nourriture aussi vite qu'il le pouvait. Il s'efforçait de reconstituer les réserves de son corps, qu'il avait épuisées.

Les grésillements se muèrent finalement en une voix familière.

— Cole ? Est-ce que c'est toi ? Bon sang, tu sais l'heure qu'il est ?

— Je suis à la recherche de ma compagne, lui annonça-t-il, sans prendre la peine de tourner autour du pot. Je prends la direction du nord. Active tous nos comptes d'achats à chaque arrêt adapté aux métamorphes entre ici et le cercle arctique, au cas où j'en aurais besoin ; mais la plupart du temps, je serai dans ma fourrure.

Son frère ne montra aucune hésitation.

— Pas de problème. Tu veux des renforts ?

— Non.

Il voulait avoir le cou parfait de sa compagne à portée de main pour pouvoir lui mettre un collier. Il voulait s'enchaîner à elle jusqu'à ce qu'ils aient réglé tout ce qui devait l'être entre eux. Tout ce charabia bizarre, toutes ces questions qu'ils n'avaient même pas commencé à aborder ; et pourtant, rien de tout cela n'avait plus d'importance. Il la voulait à ses côtés, sa compagne, pour toujours.

Mais cela n'arriverait pas tant qu'il ne l'aurait pas retrouvée.

— Fais-moi savoir si tu changes d'avis.

Caden était un roc, et Cole le savait ; mais c'était une chose qu'il devait faire seul.

Il referma la cabane. Il prit un moment pour s'assurer que tout était bien rangé, mais il ne voulait pas laisser l'endroit se faire détruire par les petites créatures des bois. La prochaine personne à entrer ici pourrait avoir besoin de ces fournitures pour survivre. Il rangea la vaisselle et plaça le matelas en hauteur.

Il s'était écoulé une heure lorsqu'il sortit et entra dans sa peau de loup.

Tout ce qui l'entourait changea de couleur. D'odeur. C'était plus riche et plus fort, et maintenant il apparaissait encore plus évident que Dani n'était pas partie de son plein gré. Alors que Cole suivait leurs traces, rasant le sol enneigé à grande vitesse, l'odeur de la jeune femme changea. Elle n'était pas en danger, mais elle était énervée. Sa colère rendait l'air acide.

La première fois qu'elle se fit sentir, il s'arrêta, poussant un grognement de frustration avant de se reprendre. Il garda le silence pour ne pas alerter les gens de sa présence. Il baissa les yeux et remarqua un autre de ces étranges motifs dans la neige. Une trace circulaire : une direction et un guide.

C'était le même symbole que Dani avait inscrit sur le porche, mais au lieu d'être de la taille d'une empreinte de patte, il s'étendait sur la distance d'une douzaine de pas, comme si elle l'avait secrètement dessiné pendant qu'elle courait.

C'était une femme intelligente. Intelligente et belle, qui gardait la tête froide et lui laissait un message.

Cole ralentit sa course effrénée, même s'il suivait le chemin d'un pas régulier. Il y avait de fortes chances qu'il gagne du terrain sur elles, même si c'était lentement. Et il valait mieux qu'il prenne son temps et qu'il les surprenne à l'improviste, plutôt que de tomber sur elles au détour d'un sentier.

Il allait les rattraper.

Chaque fois que l'odeur de la jeune femme s'intensifiait, il cherchait un autre indice, la piste ne cessant de s'allonger. Toujours en direction du nord. Le grand nord, lieu de son avenir prophétique.

Jamais il n'aurait imaginé que cela se passerait ainsi. Qu'il poursuivrait sa compagne, qu'il retiendrait son loup, parce que la bête rêvait de foncer et de réduire en bouillie quiconque avait osé leur prendre Dani.

Bientôt, promit-il à son loup. *Bientôt, nous la retrouverons, et plus jamais nous ne la laisserons partir.*

Son loup était tout à fait d'accord ; il baissa la tête pour se concentrer sur la cible.

Cole tenta tant bien que mal d'envoyer un message à sa compagne. *Tiens bon, Dani. Je vais te retrouver et, ensemble, nous allons botter des fesses !*

8

___

L'enceinte secrète où elles arrivèrent juste après le lever du soleil ressemblait à n'importe quel autre chalet abandonné. Une petite cabane en rondins était adossée au flanc de la montagne, un abri rudimentaire avec un toit à deux pentes qui penchait dangereusement vers le sol.

La seule chose à peu près intacte était la clôture entourant le périmètre de la propriété. Elle était tout de même démodée : les clôtures à claire-voie paraissaient prêtes à s'écrouler quelques jours à peine après avoir été assemblées. Cependant, alors que Dani suivait Michele à travers le portail, elle remarqua que des câbles étaient enroulés autour des poteaux verticaux.

Des capteurs ? Ou quelque chose qui pourrait être électrifié ?

La mignonne et innocente cabane semblait isolée au milieu de la nature sauvage. Dani observa les falaises qui surplombaient le bâtiment. Les parois rocheuses semblaient trop régulières, avec des parties plus sombres qui, à y regarder de plus près, ressemblaient davantage à des fenêtres et à des points d'accès construits par l'homme qu'à un talus sauvage.

Elle ne fut donc pas surprise lorsque Michele lui fit franchir la porte et que la cabane se révéla plus grande à l'intérieur qu'à l'extérieur.

Dani fut guidée à travers un tunnel rocheux qui s'enfonçait dans la montagne. Leurs pas résonnaient, mais dans le lointain, un faible murmure de voix lui parvenait aux oreilles, ainsi que l'odeur de la nourriture et du café. Elle tenta de deviner combien de personnes se trouvaient dans la forteresse, mais elles étaient trop nombreuses pour qu'elle puisse distinguer des individus.

On lui fit gravir trois volées d'escaliers jusqu'à ce qui devait être, selon elle, le sommet de l'escarpement. Elles passèrent devant un poste de surveillance, où des dizaines de prises de vue de l'ensemble du complexe étaient visibles sur le système de contrôle. La jeune femme derrière le bureau réagit promptement.

— Puis-je vous aider ?

Sa voix était si familière que Dani marqua un temps d'arrêt.

— Erika ?

— Dani !

La renarde arctique métamorphe se leva d'un bond en poussant un cri, abandonnant la rangée d'écrans de télévision qu'elle observait pour contourner le bureau et prendre Dani dans ses bras.

— Je n'arrive pas à croire qu'on puisse enfin se rencontrer !

L'accueil enthousiaste d'Erika fut interrompu lorsque quelqu'un tira Dani en arrière.

Michele poussa un soupir exaspéré.

— Vous vous verrez plus tard, ordonna-t-elle. Charlene attend, et je ne t'ai pas encore menée à elle.

Oh, bon sang, elle avait vraiment besoin d'apprendre à se détendre !

— Je vais revenir, promit Dani à Erika.

— J'ai hâte ! En attendant, je garderai un œil sur toi, comme toujours.

Erika pencha la tête vers les moniteurs avant de tirer la langue à Michele.

Dani lui fit un clin d'œil avant de suivre Michele.

— Vite, vite, vite… Tu vas faire une dépression nerveuse à ce rythme, lança-t-elle à l'autre femme en guise d'avertissement.

— Le travail doit être accompli jusqu'au bout, sinon il n'est pas fait, répondit Michele en ouvrant la porte au bout du couloir, faisant signe à Dani de passer devant. *Maintenant,* mon boulot est terminé, tu vois ? Bonne chance.

Il était temps pour Dani d'affronter son futur. Elle redressa les épaules et s'avança, se retrouvant pour la première fois face à Charlene.

La vieille carcajou se tourna lentement vers elle, les mains jointes dans le dos, et il lui fut facile de savoir de qui il s'agissait. La femme se déplaçait avec une précision militaire, sans gaspiller la moindre énergie alors qu'elle examinait Dani.

Ses cheveux blancs retombaient en une longue tresse sur une épaule. Sa peau d'un brun profond était ridée par l'âge et le soleil, mais son regard était pétillant et vif.

— C'est un plaisir de te rencontrer enfin, lui dit Charlene. Bienvenue dans ton nouveau chez-toi.

Dani s'efforça de se montrer polie. Il y avait peut-être eu un malentendu.

— Merci, mais j'avais prévu de te rejoindre dans deux jours, comme tu l'avais demandé.

La vieille femme haussa les épaules, la robe brodée autour de ses épaules remuant à peine tandis qu'elle se déplaçait lentement.

— Deux jours plus tard, deux jours plus tôt... Est-ce vraiment important ?

— Oui ! répondit aussitôt Dani, refusant de détourner le regard.

Charlene haussa un sourcil.

— Depuis combien de temps t'entraînes-tu pour moi ?

— Quatre ans, répondit Dani, avant de réfléchir et de réaliser qu'elle se trompait. Cinq ans, parce que j'ai commencé juste après mes seize ans.

Et elle venait juste de fêter son anniversaire. Eh oui. Quelle fête !

Au-dessus, les lumières clignotèrent.

La carcajou soupira et se dirigea vers le mur, où elle repoussa la tenture qui dissimulait une fenêtre. Dani se laissa aller à un moment de fierté : elle avait vu juste en ce qui concernait les fenêtres.

— Tu es si jeune, murmura Charlene.

Puis elle tapa dans ses mains et se tourna vers Dani en souriant.

— Eh bien, tu es ici maintenant. Il est temps que tu te mettes au travail. Nous t'enverrons demain effectuer ta première mission.

Dani réprima une protestation.

Charlene haussa à nouveau un sourcil.

— Quelque chose à dire ?

— Il y a quelqu'un à qui je n'ai pas eu l'occasion de dire au revoir.

Les mots jaillirent à toute vitesse, mais ils étaient loin

d'être suffisants. Dani garda une attitude aussi professionnelle que possible, mais elle savait qu'il y avait une pointe de supplication dans sa voix, et elle ne pouvait pas la faire disparaître.

— Je pense qu'il s'agit de quelqu'un qui pourrait être très important pour moi.

L'autre femme garda le silence, se contentant de la regarder fixement avant que ses lèvres ne se torde en une grimace.

— Cela va-t-il t'empêcher de te concentrer sur ce que je veux que tu accomplisses ? J'ai l'impression que c'est une distraction pour toi.

Cole, une distraction ? C'était un euphémisme.

— Je ne sais pas. C'est tellement nouveau, et nous n'avons pas eu l'occasion de...

Dani fut complètement mortifiée lorsque ses joues s'empourprèrent.

Charlene haussa un sourcil.

— Je ne crois pas que tu aies besoin de l'expliquer davantage.

Les lumières clignotèrent à nouveau, et toutes deux regardèrent le plafond.

Éteint. Allumé. Éteint. Allumé. Éteint. Allumé.

L'écho d'une conversation résonna dans l'esprit de Dani, et elle tenta de retenir cette pensée tout en gardant toute son attention sur Charlene.

Celle-ci tourna à nouveau son regard vers la fenêtre, se concentrant sur quelque chose près du sol.

— Jamais je ne voudrais me mettre en travers du destin de quelqu'un, mais avant de faire quoi que ce soit d'irréfléchi, permets-moi de te demander si tu crois que ce loup est assez important pour que tu changes tous tes plans ? Penses-tu que ces cinq années de formation que tu as suivies devraient être jetées aux oubliettes sans avoir la certitude que toi et lui avez un avenir ?

Le cœur de Dani s'enraya pendant une seconde avant que le battement ne reprenne, pur, fort et incontestable.

Éteint. Allumé. Éteint. Allumé. Éteint. Allumé. Les lumières à nouveau.

Cole avait promis. Et même s'ils avaient encore beaucoup de choses à se dire, il n'y avait rien de faux dans ses paroles. Il lui avait offert un engagement absolu et total, aussi fou que cela puisse paraître.

Ce qui lui fit redresser les épaules.

— Je ne crois pas que ce que j'ai fait par le passé sera oublié, mais j'ai besoin de marcher vers l'avenir avec lui, si c'est possible. Le reste, nous le découvrirons au fur et à mesure.

Éteint. Allumé. Éteint. Allumé. Éteint. Allumé.

Une question s'imposa soudain à elle : comment Charlene savait-elle que Dani parlait d'un loup ?

Mais avant qu'elle puisse poser la question, la vieille carcajou leva la main et pointa la fenêtre.

— Dans ce cas, tu devrais aller le chercher avant que quelqu'un ne le blesse. Je pense qu'il est à toi.

Éteint. Allumé. Éteint. Allumé. Éteint. Allumé.

Confuse, Dani s'avança aux côtés de Charlene. Elle regarda dans la direction que pointait l'autre femme, et découvrit...

Merde. Trois pour la voie aérienne. C'était à cause de ce commentaire taquin d'Erika, quelques jours plus tôt, que les lumières clignotaient. Elle avait tenté d'avertir Dani qu'elle avait repéré quelque chose sur ses écrans de surveillance.

Ce quelqu'un, c'était Cole. Il était en train d'escalader la paroi rocheuse sans harnais ni filet de sécurité. Il grimpait à toute allure tandis qu'un groupe de métamorphes vêtus de noir patrouillait en dessous de lui. Pour le moment, personne ne levait le nez.

Pour le moment.

— Excuse-moi, dit Dani en reculant rapidement vers la porte.

— Viens me voir quand tu auras fini, lui ordonna Charlene. Nous finirons d'en parler à ce moment-là.

Dani passa la porte et s'engouffra dans le couloir, courant à l'aveuglette dans les passages pour tenter de trouver un itinéraire qui lui permettrait d'intercepter l'ascension de Cole.

Sans même y réfléchir, elle déverrouilla la porte la plus proche et se rua vers une fenêtre pour se repérer. Il était là, un peu plus loin. Elle sortit en courant et parcourut un autre couloir, descendit une volée d'escaliers, franchit deux autres séries de portes verrouillées jusqu'à arriver dans une pièce avec un balcon.

Dani ouvrit la porte à la volée et prit une grande inspiration, prête à faire tout ce qu'il faudrait pour éviter que Cole ne finisse écrasé au sol.

Cole était arrivé à la conclusion que la personne qui avait construit cet endroit possédait un sens de l'humour diabolique. Un peu plus bas, les sentinelles avançaient lentement le long des sentiers tracés dans la forêt, sans se rendre compte qu'un loup s'accrochait à leur cachette comme une araignée.

Il aurait dû être complètement épuisé à ce stade, mais plus il se rapprochait de cet endroit, et peu importait ce que c'était, plus l'odeur de Dani s'intensifiait et plus il éprouvait la force de continuer à avancer.

Et maintenant, quelque part à l'intérieur de cette forteresse, il allait finir le travail. Il allait retrouver sa compagne et l'informer, sans aucune incertitude, qu'ils allaient désormais être ensemble.

Ensuite, ils s'enfuiraient d'une manière ou d'une autre pour aller à la rencontre de leur destin prophétique. Des détails mineurs.

Il posa un pied sur un autre affleurement et força les muscles brûlants de ses cuisses à coopérer. Un autre pas, un autre rocher.

Ses doigts glissèrent et il s'agrippa fermement, se balançant d'une main tandis que le rocher qui s'était détaché cliquetait contre un affleurement et tombait sur le sol.

Clac. Clac. *Clac.*

Le dernier rebond le fit s'envoler dans les bois au pied de l'escarpement, et une branche craqua. Les deux sentinelles qui se trouvaient à proximité tournèrent leur regard vers les arbres et se déplacèrent lentement vers eux, sur le qui-vive.

Cole leva les yeux au ciel et continua sa progression. Des sentinelles, certes, mais pas si bien entraînées que ça. Il pourrait leur recommander certaines choses...

Pour le moment, leur manque d'habileté tournait à son avantage.

Un courant d'air le frôla, plus chaud que les températures glaciales de l'extérieur, mais surtout chargé de l'odeur de sa compagne.

— Hé, beau gosse. Je te réciterais bien quelques vers, mais je préférerais que tu te contentes de ramener tes fesses ici.

Il leva le nez vers la droite et vit Dani qui lui sourirait, semblant sortir de la solide paroi rocheuse.

— Sympa, ce tour.

Elle s'avança, et il remarqua qu'elle avait le ventre appuyé contre une balustrade. Elle lui tendit une main.

Cole n'hésita pas. Il appuya sur sa main gauche et attrapa celle de sa compagne avec sa main droite, lui agrippant le poignet, persuadé qu'elle savait ce qu'elle faisait. Le poids de Cole la tira légèrement vers l'avant, mais elle tint bon alors qu'il pivotait vers elle, attrapant la rambarde et se hissant sur le minuscule affleurement rocheux qui servait de balcon.

Chaque chose en son temps. Il lui saisit le menton et examina rapidement son visage.

— Es-tu en sécurité ?

Elle lui sourit.

— Pour l'instant, mais je ne sais pas si cela va continuer. Viens, il faut qu'on sorte d'ici.

Non. Pas sans un baiser. Cole la serra contre lui et l'embrassa passionnément. Ce fut bref, à peine plus de cinq secondes, mais ce baiser eut le même impact qu'une comète frappant la Terre.

Elle lui rendit son baiser avec tout autant de force et, lorsqu'ils se séparèrent, leurs doigts se croisèrent instinctivement et elle le tira vers l'avant.

— Par ici, murmura-t-elle.

Après une demi-douzaine de couloirs et une série d'escaliers, Cole était complètement perdu.

— Quel est cet endroit ?

— Le quartier général de... Non, je te raconterai plus tard. Pour l'instant, il faut que l'on continue d'avancer.

Des bruits de pas résonnèrent devant et derrière eux. Mince, c'était bien trop simple de croire que les choses continueraient à se passer aussi bien. Alors que le bruit des agents chargés de leur recherche augmentait, Dani hésita.

Cole pointa la porte derrière elle.

— Ouvre ça.

Elle essaya la poignée.

— C'est fermé à clé.

Il se retint de sourire.

— C'est bien pour ça que je t'ai demandé de l'ouvrir, la reine de l'effraction.

Elle sourit, tritura son bracelet et en sortit une fine tige. Une seconde plus tard, ils étaient plongés dans l'obscurité, la porte fermée à double tour derrière eux.

L'instant d'après, elle se retrouvait dans ses bras, et quoi qu'il se soit passé, cela en valait la peine.

— Je suis tellement en colère contre toi ! murmura-t-il.

— Je ne voulais pas quitter la cabane, protesta-t-elle. Et j'étais en colère contre toi la première, alors voilà.

Il la souleva, s'emparant de ses lèvres pour ravaler ses protestations alors qu'il la plaquait contre la porte. Des bruits de pas qui couraient résonnèrent dehors, mais il ne devait pas y avoir dans le groupe un seul loup capable de flairer quoi que ce soit, car après avoir tenté une fois la poignée de la porte et l'avoir trouvée fermée à clé, tout le monde continua à passer en trombe.

Et Cole continua d'embrasser sa compagne comme s'il n'avait rien d'autre à faire. Il n'avait qu'une envie, c'était de s'imprégner d'elle si fort qu'ils ne feraient plus qu'un. À ce propos...

Il l'agrippa par les hanches, la soulevant plus haut. Son excuse, c'était qu'il était plus facile de l'embrasser ainsi : elle enfonçait ses mains dans ses cheveux, elle le mordait, le mordillait et l'embrassait avec la même possessivité... Mais la véritable raison, c'était que cela lui permettait de la faire bouger contre son corps. Ses seins étaient fermes et généreux contre lui, même si une couche de tissu recouvrait son corps.

La chaleur du sexe de Dani le taquina, intensifiant son désir.

Elle s'écarta et murmura d'une voix à peine audible.

— Pose-moi une minute.

À contrecœur, il s'obligea à lui obéir.

— Dani, je dois te dire quelque chose.

Le moment était mal choisi, mais son loup devenait de plus en plus frénétique. Quoi qu'il se passe, la bête n'était pas disposée à patienter plus longtemps.

Elle revint un instant plus tard, mais ses vêtements n'avaient pas fait le voyage retour.

— Reprends-moi, lui ordonna-t-elle.

Hors de question ! Il n'y avait qu'une seule manière de terminer ce voyage particulier.

Si ! l'encouragea son loup.

Certes, Cole était en accord avec son loup, mais il n'était pas assez salaud pour prendre sa compagne vierge sans la faire jouir d'abord. Il pivota sur place et la plaqua dos à la porte pour pouvoir se laisser tomber au sol entre ses jambes.

Il n'eut aucun mal à trouver sa cible, car il était un loup et qu'elle était sa compagne, et qu'elle était incroyablement prête pour lui. Il plaqua sa bouche contre elle et la dévora goulûment, ses mains entrant en jeu pour la réchauffer avant de la faire fondre.

Elle baissa les mains et empoigna ses cheveux. Il se fichait de savoir qu'il serait chauve dans cinq ans si elle continuait ainsi parce que, bon sang, c'était bon de savoir qu'il attisait sa flamme à ce point.

Il lécha, suça et lécha encore. Lorsqu'il plongea ses doigts dans son sexe, ses jambes tremblèrent. Cole enroula ses lèvres autour de son clitoris et le suça fort.

Elle étouffa un cri. Ses hanches s'agitaient avec frénésie contre lui. Son sexe serrait ses doigts, et il lui fut impossible de se retenir plus longtemps.

Cole se leva, la soulevant avec lui. Il enroula ses jambes autour de ses hanches et s'aligna contre elle, introduisant le bout de son sexe entre ses replis intimes. Elle prit son visage entre ses mains pour l'embrasser.

Il plongea son membre au creux de son intimité, bloquant leurs hanches ensemble et les immobilisant. Il ravala le halètement de Dani.

Elle frémit dans ses bras, ses seins se frottant contre son torse. Elle écarta ses lèvres de celles de Cole et prit une respiration tremblante.

— Oh, waouh.

— Est-ce que ça va ? murmura-t-il contre son oreille.

Ses bras tremblaient. Il se retiendrait jusqu'à ce qu'elle lui donne le feu vert.

Elle contracta tous ses muscles intimes, enserrant son membre dans un étau. Il gémit.

Elle rit... *oh, comme il adorait son rire !*

Il était totalement accro. Il était tombé raide dingue amoureux de cette guerrière ninja, et c'était exactement la raison d'être des compagnons.

— Sérieusement ? Tu sais que c'est très dur pour l'ego d'un homme quand une femme...

— *Sa* femme, le corrigea-t-elle.

— C'est très dur pour l'ego d'un homme quand la femme *parfaite pour lui* se moque de lui pendant l'amour.

Elle tourna la tête vers lui et l'embrassa, doucement, longuement. Son corps palpitait, et sa verge qui l'avait embrochée au mur comme si elle était une décoration de fête était sur le point d'exploser, mais dans l'ensemble, il était incroyablement heureux.

Surtout quand elle se contracta à nouveau, cette fois en gémissant de plaisir dans sa bouche.

— Tu aimes cette sensation ? Mon membre en toi ?

Elle hocha la tête.

— C'est un peu étrange, et je crois que j'ai besoin que tu fasses quelque chose.

Il attendit ses instructions.

Dani lui tira les oreilles.

— Fais quelque chose ! Je ne sais pas quoi. C'est moi qui n'ai pas d'expérience, tu te souviens ?

Hé, c'était sa première fois avec sa compagne, mais il devait avoir quelques tours dans son sac qu'elle ne connaissait pas. Il ajusta sa position jusqu'à soutenir tout le poids de son corps avec ses bras, puis recula légèrement ses hanches. Très lentement, de façon à ce que, centimètre par centimètre, son corps la caresse. Petit à petit, elle se contractait autour de lui au retour. C'était un rythme lent et précis, une chaleur étouffante et une pression dangereuse qui montaient rapidement.

Elle bascula la tête en arrière contre la porte.

— Oui ! *Ça*, c'est quelque chose de bon.

Un peu plus vite. Un peu plus vite encore, jusqu'à ce qu'ils halètent tous les deux comme s'ils étaient le grand méchant loup, mais la seule chose qu'ils étaient sur le point de faire exploser, c'était un orgasme d'enfer.

Cole serra les dents pour ne pas les refermer sur le cou de Dani. Le sexe, c'était une chose, la marquer, c'en était une autre. Et tant qu'il n'aurait pas obtenu le feu vert de la jeune femme à ce sujet, il ne ferait pas de suppositions.

Ce qu'il s'apprêtait à faire, c'était la prendre directement contre la porte au point de la traverser. Surtout lorsqu'elle commença à se balancer contre lui, basculant ses hanches à la fin de chaque mouvement pour qu'il s'enfonce un peu plus. Leurs ébats créèrent un faible écho lorsque ses hanches frappèrent la porte à plusieurs reprises, mais aucun d'entre eux ne s'en souciait. Pris dans l'instant, pris l'un par l'autre.

Dani haleta et s'effondra dans ses bras, le corps frémissant, ses seins frottant son torse. Son sexe se contracta si fort qu'elle le fit basculer à son tour. L'explosion de plaisir lui donna l'impression que le sommet de son crâne s'arrachait.

Leurs lèvres se rencontrèrent, l'odeur qui régnait dans la petite pièce était chargée de sexe, un mélange à cent pour cent d'elle et de lui.

Un sentiment de pure satisfaction envahit Cole. Il la serra contre lui, la berçant étroitement tout en inversant leurs positions. Son membre s'enfonça en elle alors qu'elle se drapait sur lui, douce et souple.

L'obscurité la plus totale les entourait. Elle posa les doigts sur le visage de Cole, caressant la barbe sur son menton.

— J'ai aimé ça, lui dit-elle, étonnamment timide.

— Tant mieux. Parce que j'ai l'intention qu'on le fasse souvent.

Pas nécessairement la partie « contre la porte », même s'il y avait un certain charme dans le fait de pouvoir transposer cette position n'importe où.

Elle soupira de contentement.

Malheureusement, ce fut à cet instant précis que le ballet des pas derrière la porte s'interrompit. Cole se figea, tout comme Dani.

Il y avait bien quelqu'un derrière la porte : la seconde suivante, on frappait.

— Excusez-moi. Quand vous aurez fini, Charlene aimerait te parler.

Quelque chose heurta le torse de Cole. C'était le front de Dani.

— Excusez-moi. Je me suis trompée. Quand vous aurez fini, Charlene aimerait vous parler à tous les deux.

— On t'a entendue, dit Dani, sans masquer son agacement. D'accord. Nous viendrons quand nous pourrons.

— Je pense qu'elle voulait dire tout de suite...

— Va-t'en, Michele, lui ordonna Dani. Tu as délivré ton message, maintenant, sois un bon toutou et va-t'en.

La femme dans le couloir renifla avec dégoût.

— Je n'ai jamais été un toutou.

— Tant mieux pour toi, dit Dani doucement avant de tourner la tête de Cole jusqu'à pouvoir atteindre ses lèvres.

Elle l'embrassa tendrement avant de se libérer en se tortillant.

— Viens. Nous allons prendre une douche et te trouver des vêtements, puis je t'emmènerai voir ma boss.

C'était quoi, ce bordel ?

9

Cole se laissa guider par Dani dans le dédale des couloirs. Ils firent une brève halte dans une pièce équipée d'une douche où ils se lavèrent tous les deux rapidement : Dani veilla à ce que ce soit bref, car elle repoussa ses mains lorsqu'il tenta de l'aider.

Puis elle ouvrit des placards contenant ce qu'il considérait comme ses vêtements de ninja, car tout était noir, et il n'y avait rien d'ample. La même chose que ce que portaient les sentinelles en bas.

Le pantalon et le T-shirt qu'elle lui tendit étaient résolument confortables.

— Combien de temps t'a-t-il fallu pour découvrir où tout se trouvait ici ? demanda-t-il à voix basse tandis qu'elle le précédait dans un autre couloir.

— Je ne suis jamais venue ici avant, lui avoua-t-elle.

Quoi ? Elle ne cessait de le surprendre et de l'impressionner. Cole croisa ses doigts avec ceux de Dani et les serra.

— Tu es une sacrée femme !

Le regard qu'elle posa sur lui était lumineux et clair, et

on aurait dit qu'elle était prête à lui sauter dessus, là, dans le couloir. Ce qui lui convenait très bien.

— Elle vous attend.

C'était la même voix que celle qu'il avait entendue lorsqu'ils étaient dans le placard, et Cole se tourna pour jeter un regard noir à la femme, dont il reconnaissait aussi l'odeur...

— Tu es la métamorphe qui a enlevé Dani à la cabane, grogna-t-il, retenant à grand-peine son loup de la mordre.

Michele cilla.

— Hé, ne me regarde pas comme si j'avais fait quelque chose de mal. Il était temps de d'intervenir, alors nous sommes intervenues.

Dani poussa un soupir de frustration.

— Certes, ce n'est pas le moment, mais il faudra bien un jour ou l'autre que tu consacres un peu de temps à l'étude des parties de notre formation qui traitent de l'improvisation et de l'attention à porter à ce qui t'entoure.

L'autre femme leva les yeux au ciel, visiblement plus impressionnée par elle-même que Dani ne l'était. Et aux yeux de Cole, cela signifiait que l'opinion de l'autre femme ne valait rien.

Sa compagne l'entraîna à sa suite à travers une ouverture ouvragée qui donnait sur une grande salle décorée de tentures et de sculptures. C'était magnifique ; on avait l'impression de pénétrer un lieu saint. Cole hésita, observant attentivement toute la salle.

Un frisson glacial le parcourut dès que son regard tomba sur la femme âgée qui se leva de l'endroit où elle était en train de méditer.

— *Toi !*

Dans sa voix, on sentait un mélange de frustration et d'agacement, une bonne dose de dégoût, et juste assez de respect pour être sûr de ne pas se montrer carrément impoli.

Dani se tourna vers lui, confuse.

— Tu connais Charlene ?

Cole leva un doigt qu'il agita en direction de la vieille femme.

— Je la connais. C'est elle qui n'a cessé de se montrer et de répéter ce charabia qui a fait de ma vie un calvaire.

La carcajou leva les mains en l'air.

— Ne me reproche pas ton manque de compréhension. Je n'ai fait que venir te dire la vérité.

— *Lorsque le soleil descendra sur le pic lointain, le sauvage devra suivre la raison ?* Il n'y a rien de simple là-dedans !

Cole croisa les bras et lui jeta un regard noir. Mais respectueux quand même. Difficilement.

C'était une carcajou.

À ses côtés, Dani s'avança de quelques pas et pivota pour se placer entre la femme et lui.

— Des années de formation et d'étiquette exigent que je le fasse, même si cela paraît inutile. Cole, voici Charlene Alpha, la femme qui m'a formée, responsable de cet endroit et de tous ceux qui y vivent. Charlene, je te présente Cole Masterson.

— Le compagnon de Danielle.

À l'instant où les mots lui échappèrent, il sut qu'il avait mal choisi son moment. D'accord, spectaculairement mal, à en juger par les réactions des deux femmes.

Dani se reprit la première, mais l'expression d'horreur absolue sur son visage n'était pas très encourageante.

— *Compagnon ?*

Il se rapprocha et voulut lui prendre les mains.

— Oui.

Elle s'éloigna de lui, se mettant hors de portée, le visage toujours grimaçant.

— Son annonce ne semble pas te rendre très heureuse, remarqua Charlene sèchement. Les compagnes sont très importantes pour les loups, mais si ça ne t'intéresse pas...

— Ferme-la, toi ! rétorqua Cole.

— Oh, non ! Ce n'est pas ça ! s'exclama Dani, se tournant vers lui les bras croisés. Espèce de gros balourd imbécile. C'est comme ça que tu choisis de me le dire ? Après tout le temps que nous avons passé ensemble, tu me balances ça comme ça au beau milieu de présentations ?

— Euh...

— C'est barbare, irréfléchi, et tout sauf romantique ! Mais j'ignore si j'en attendais plus de toi, étant donné ton passif et tout.

Elle voûta le dos et s'avança vers lui, prenant une voix grave comme pour l'imiter.

— Moi, loup. Toi, compagne. Grrr, grrr, grrr.

Cole profita de sa proximité pour lui attraper le poignet et la tirer contre lui.

— Je ne grogne pas.

Elle libéra une main pour abattre son poing sur son torse.

— Méchant loup.

Elle était si adorable que Cole ignora les autres problèmes de la pièce, comme il l'avait fait au cours des trente-trois dernières années. Il glissa un doigt sous le menton de Dani et lui souleva le visage pour se pencher et déposer un baiser sur ses lèvres. Il était doux et sucré, et recelait beaucoup de promesses. Il se recula légèrement pour lui parler à voix basse.

— Désolé de te l'avoir balancé comme ça, mais oui, tu es

ma compagne, et je te promets de tout faire pour te rendre heureuse.

Elle cilla pour chasser ses larmes et hocha brièvement la tête.

— D'accord, je te pardonne. Maintenant, pourrions-nous gérer les problèmes d'emploi auxquels je suis confrontée actuellement ? lui demanda-t-elle, inclinant la tête vers Charlene.

Cole cala Dani contre son flanc et se tourna vers la carcajou.

— Quoi que tu fasses qui ennuie ma compagne, arrête.

Il sentit des doigts s'enfoncer dans ses côtes.

— Bel usage du tact et de la diplomatie des loups. Et si tu me laissais parler ? suggéra Dani.

La carcajou les observait avec un amusement trop intense pour être vraiment offensée.

— Je crois que la question que j'ai posée plus tôt dans la journée a reçu une réponse suffisante. Ta décision de renoncer à ton avenir avec moi n'est pas complètement scandaleuse, Danielle. Au moins, il semble tenir à toi.

Cole interrompit son grognement frustré lorsque Dani lui jeta un regard mauvais.

— S'il est mon compagnon... Non, je recommence. Puisqu'il est mon compagnon, tu sais que cela signifie qu'il veut ce qu'il y a de mieux pour moi. Et cela veut également dire que je veux ce qu'il y a de mieux pour lui, dit Dani, se tournant à nouveau vers lui. Comment connais-tu Charlene ? Est-ce en rapport avec ton futur emploi secret ?

— Peut-être. Et je ne suis pas en train de te cacher des choses, je ne connais tout simplement pas la réponse, lui répondit Cole en regardant la vieille femme. Crois-tu que tu pourrais nous donner une version moderne de cette prophétie ?

— Il y a une prophétie sur toi ? murmura Dani. *Merde…*

— Oui, et j'admets être trop bête pour la comprendre, mais il est temps d'aller de l'avant.

Il avait employé un ton fanfaron et énergique, mais à mesure qu'il parlait, il se rendait compte qu'il n'y avait qu'une chose qu'il n'avait encore jamais faite.

Accepter son avenir.

Il y avait une différence entre les deux chemins. Le premier impliquait de ne pas comprendre et de tenter de se préparer à tout, tout en luttant contre son manque de contrôle. Le second l'engageait à de ne pas comprendre, mais à être prêt à accepter tout ce que le voyage avait à offrir.

À ce stade, il était prêt à tout. Pas parce qu'il était enfin assez intelligent, assez fort ou assez puissant pour accomplir de bonnes choses. Non, il était prêt parce qu'il avait Dani.

C'était elle qui le rendait plus intelligent et plus fort. Elle lui donnait envie d'accomplir l'impossible, et d'être bien meilleur, juste pour arracher un sourire à ses lèvres. La voir poser sur lui un regard approbateur, et avoir sa main serrée dans la sienne comme si elle lui confiait tout ce qu'elle avait…

Voilà ce que l'on ressentait lorsqu'on avait un compagnon.

Il était déjà amoureux d'elle, et il allait faire en sorte qu'au cours des années à venir, elle tombe aussi amoureuse de lui.

Il fixa Charlene du regard.

— Quoi que je doive faire, je veux Dani à mes côtés.

L'expression de la carcajou ne changea pas et elle se tourna vers Dani.

— J'imagine que c'est aussi ce que tu ressens ?

Dani acquiesça.

— Même si je suis un peu confuse sur ce qui se passe exactement en ce moment, je fais confiance à Cole.

Un beau sourire illumina le visage de la vieille femme, et elle tendit les mains comme si elle voulait étreindre des enfants.

— J'attendais cela depuis si longtemps ! Je suis heureuse de voir que vous êtes enfin prêts.

Elle se retourna et parcourut lentement le pourtour de la pièce, repoussant les tapisseries les unes après les autres pour laisser la lumière pénétrer dans l'espace. La pièce devait se trouver dans un angle de la forteresse, car elle fit un tour presque complet, jusqu'à ce que la pièce entière soit remplie de lumière, un soleil éclatant qui faisait danser les grains de poussière devant leurs yeux.

Charlene se mit à fredonner, une mélodie ancienne qui se répercutait sur la roche et formait une chanson à plusieurs niveaux à partir d'une seule source. C'était beau, c'était étrange, et les poils des bras de Cole se hérissèrent.

La vieille carcajou se déplaça au centre de la pièce, la lumière du soleil frappant sa robe blanche, et se reflétant sur la myriade de morceaux de coquillages cousus à la surface.

L'atmosphère se figea, le doux parfum du printemps flottant dans l'air, en contradiction totale avec la neige glaciale qui s'étendait à l'extérieur du complexe.

Cole se prépara. C'était la force de l'habitude... toute cette histoire de prophétie avait tendance à lui hérisser le poil. À ses côtés, Dani se serra plus fort contre lui, et il enroula son bras autour d'elle. Il était à la fois protecteur et conscient que si quelque chose arrivait, elle tenterait de le protéger à son tour.

L'instant d'après, des voix retentirent. Une salle entière appelant à l'aide. Des gens qui suppliaient, des larmes dans la voix. Ils pleuraient doucement, désemparés.

Intérieurement, toutes les frustrations que Cole avait éprouvées au cours des années d'attente étaient regroupées en une énorme boule tendue à l'extrême.

— Qu'est-ce que c'est ? demanda-t-il.

— Qui sont-ils ? l'interrogea Dani en même temps.

Elle se tourna vers Cole, les yeux écarquillés par l'inquiétude.

— Oh, mon Dieu ! Nous devons les aider !

Oui. C'était exactement ce qu'ils devaient faire.

— Charlene, raconte-nous, lui ordonna Cole. Qu'est-ce qui se passe ? Où sont ces gens ?

— Ils sont partout. Dans tous les endroits froids et silencieux. Des métamorphes qui ont perdu leur compagnon. Ceux qui luttent, comme ta sœur le faisait, Dani. Seuls, sans personne pour les aider.

La vieille femme quitta la lumière et se dirigea vers eux, et on aurait dit que cette lumière l'accompagnait.

— J'ai essayé, mais le mieux que j'ai pu faire, c'est de lancer la machine. Il est temps que quelqu'un d'autre fasse la différence. C'est ton heure, Cole. C'est ton heure, Dani.

Elle leva les bras et balaya l'espace autour d'eux, tandis que des murmures résonnaient à leurs oreilles.

— Ensemble, vous pouvez vous servir de cet endroit pour former les gens à les aider. L'utiliser comme un lieu sûr où les gens pourront trouver une nouvelle famille avant de retourner dans le monde.

Une petite fissure apparut dans la confusion infinie de Cole, en même temps qu'une infime lueur s'y insinuait.

— Tu veux que nous nous installions *ici* ?

Charlene acquiesça, et elle sourit de plus belle.

— C'est ce que le destin te réservait.

Oh. *Oh.*

— C'est *ici* que mène la prophétie !

— C'est pour *cela* que je me suis entraînée toutes ces années, ajouta Dani, émerveillée.

Elle se tourna vers Cole, bouche bée, ses lèvres formant un « o » parfait.

— Oh, waouh ! Je comprends. C'est logique.

Il savait ce qu'elle ressentait.

— C'est un peu accablant.

Dani acquiesça.

Mais, pour Cole, il était temps de prouver qu'il avait retenu la leçon. Il regarda Dani droit dans les yeux et lui prit les mains.

— As-tu envie de ça ? As-tu envie de rester ici et...

— Tu plaisantes ? C'est tout ce que j'ai toujours désiré !

Il posa une main sur la joue de Dani.

— Charlene n'est pas simplement en train de dire que nous allons aider les autres façon ninja, Dani. Elle nous demande de les *mener*, ce que tu ne voulais pas faire sur l'île de Kodiak.

La jeune femme écarquilla les yeux, puis secoua rapidement la tête.

— Oh, ce n'est pas la même chose. Ce n'est pas *du tout* la même chose, car sur l'île de Kodiak, il n'était question que de politique et de politesse. Il s'agissait avant tout de gagner de l'argent et de faire bonne impression, pas d'aider les gens.

Une brusque montée d'excitation l'envahit.

— Tu sais, c'est la partie qui m'a toujours inquiété dans cette histoire. Il y aura de la politique et de la politesse, sauf erreur de ma part. Charlene ?

La vieille femme hocha la tête.

— Encore une raison pour laquelle j'ai gardé le silence sur tout le travail que nous avons accompli jusqu'à présent. Je n'ai ni la force ni la voix nécessaires pour impressionner les gens dans certains domaines. Mais une autre personne pourrait le faire... Maintenant qu'elle est assez âgée.

Elle posa un regard insistant sur Dani, ce qui fit sourire Cole.

Encore une autre fausse défaite qu'il pouvait laisser passer. Ses années de frustration face à la lenteur de son destin n'étaient pas dues à un quelconque défaut chez lui ou dans sa préparation. Car il ne s'agissait pas de lui, il s'agissait d'eux.

Dani et lui. Elle était un élément essentiel de tout cela, pas seulement en tant que sa compagne, mais aussi en tant que voix pour les gens qui en avaient besoin.

Ils avaient attendu qu'elle grandisse, et elle l'avait fait, à la perfection.

Il sourit à la vieille carcajou et inclina le menton en signe de respect. Puis il se tourna vers sa compagne.

— Peux-tu faire cela ? Peux-tu être la reine de l'effraction, mais aussi la princesse de la politesse pour contrecarrer tout ce que je pourrais faire de travers ? Parce que mon loup et moi ne savons pas toujours faire preuve de beaucoup de tact.

Dani ricana.

— Oh, je t'en prie ! Je parie que les gens vont adorer leur prince sauvage.

— Ce qui veut dire que vous allez le faire ? Tous les deux ? les interrogea Charlene en s'approchant d'eux en balançant les hanches. Vous êtes prêt à occuper la place qui vous revient ?

Cole jeta un coup d'œil à Dani, qui inclina fermement le menton.

Ils se tournèrent face à la carcajou qui se tenait debout, mains tendues vers chacun d'eux. Cole en prit une, Dani s'empara de l'autre, et il répondit en leur nom à tous les deux.

— Nous sommes prêts.

La pièce s'illumina, comme si le soleil avait brusquement changé son angle pour éclairer à nouveau Charlene. Mais comme ils la tenaient, tous les trois étaient enveloppés. Une luminosité aveuglante s'abattit sur lui, et Cole ferma les yeux instinctivement.

Cette fraîcheur toute printanière se répandit dans la pièce, et il se sentit dynamisé de la tête aux pieds. Il était prêt à tout, tellement plein d'énergie qu'il était à deux doigts d'exploser.

Avec un bruit assourdissant, la lumière s'estompa jusqu'à ce qu'il ne reste plus que le soleil frais de l'hiver remplissant la pièce et la main chaude de Dani dans la sienne.

Charlene n'était nulle part.

Sur une échelle de un à dix, tout ceci méritait un vingt-trois dans le système de mesure du charabia prophétique. Dani cligna des paupières tandis que les étoiles dans ses yeux s'estompaient lentement. Cole lui tenait fermement la main, et elle s'appuya contre lui, envahie d'un sentiment d'émerveillement.

Il tendit la main pour récupérer sur le sol un mince morceau de parchemin scellé d'une goutte de cire rouge foncé.

— J'ignore où a disparu Charlene, mais toute cette histoire est bien plus complexe que je ne l'imaginais.

Il tint le papier pour qu'elle lise les initiales RAB gravées dans la cire.

— J'ignore ce que cela veut dire, mais je suis impressionnée de voir que Charlene est capable de se déplacer si vite.

Elle pointa du doigt le côté de la pièce où l'une des tentures était légèrement décalée.

— Je parierais sur une issue cachée.

— Quelque chose des Aurores Boréales ? TAB, c'est l'acronyme de Théâtre des aurores boréales. C'est l'endroit que Nadia dirige.

Dani réfréna une pointe de jalousie passagère. Nadia n'était pas une petite amie, et Cole était son compagnon.

— Cela semble étrange.

Elle lui fit signe de briser le sceau. Il glissa avec précaution un doigt dessous, dépliant le papier et le levant pour qu'ils puissent tous les deux le lire.

LES GRANDES RESPONSABILITÉS s'accompagnent de grandes récompenses. Bénie soit votre union, le sauvage et la raison, et que le nord se réjouisse de voir ses horizons s'élargir et l'amour devenir un phare brillant et éclatant.

COLE POUSSA UN SOUPIR ÉTRANGLÉ.

— Je me demande si elle est capable de s'exprimer dans un anglais simple, ou si c'est une sorte de défi pour elle que de toujours ajouter un peu de confusion prophétique à son discours.

Dani prit la clé qui était attachée au papier et l'examina attentivement.

— Elle semble aimer les effets théâtraux. Est-ce que tu as compris quoi que ce soit en dehors de la bénédiction ?

Cole réfléchit.

— Je suis presque certain d'être le sauvage, parce que la prophétie originelle le mentionne plusieurs fois.

— Prince sauvage, hein ?

Elle sourit.

Il plissa les yeux.

— Quoi ? fit-elle. J'ai des oreilles. Ce n'est pas ma faute si j'entends des choses.

Elle ricana en le voyant tenter de redevenir grincheux et bourru. Il parla ensuite d'une voix rauque.

— Ce qui signifie sans doute que tu es *la raison*.

Dani hocha la tête fermement.

— Oh, ça me plaît, ça. C'est moi le patron, mon pote. Tu le sais bien.

Elle ne s'attendait pas à ce qu'il lève les yeux au ciel. Alors, lorsqu'il le fit avec insistance et vigueur, elle éclata de rire. Dani se blottit contre lui et le serra fort, vibrant presque littéralement de bonheur.

Il lui inclina la tête jusqu'à ce que leurs regards se croisent, et elle vit son bonheur à lui aussi. Il était toujours bourru, c'était toujours un loup sauvage, mais c'était son loup sauvage à elle.

— Cela signifie sans doute que personne ne va venir m'attraper et me causer des ennuis pour avoir escaladé la forteresse ?

— Je crois qu'elle nous a en quelque sorte laissé les rênes, approuva Dani, agitant la clé sous son nez. Viens, partons en exploration. Je veux découvrir ce que cette clé ouvre.

Son compagnon fit la grimace.

— J'espère que ce ne sera pas un autre mystère qui ne trouvera de réponse que dans trente-trois ans !

Elle lui tendit la clé pour qu'il en capte l'odeur.

— Allez ! Sers-toi de ton odorat surnaturel, et voyons s'il y a une piste à suivre.

Cole lui obéit aussitôt, se retourna, et l'entraîna vers la porte principale. La piste les menait à l'opposé de l'endroit où elle avait couru plus tôt pour le retrouver.

Il lui fit gravir une autre volée de marches jusqu'à une simple porte en bois, s'arrêtant pour balayer les environs du regard d'un air méfiant.

— C'est bien trop facile.

— Tout va bien, mon chou, je vais prendre soin de toi.

Elle inséra la clé dans la serrure et la tourna avant qu'il ait fini de bafouiller, indigné par le surnom.

10

La porte pivota sur des charnières bien huilées, révélant un beau salon avec des fenêtres allant du sol au plafond. Des meubles confortables étaient disposés aux endroits stratégiques, peu nombreux, mais garnis de coussins et de plaids. On apercevait une petite cuisine sur un côté, et deux portes étaient discrètement placées à l'écart le long du mur latéral.

Cole traversa la pièce jusqu'aux fenêtres en secouant la tête.

— Les personnes que Charlene a chargées de construire cet endroit savaient ce qu'elles faisaient. Regarde cette vue ! Nous devons être juste au sommet de la falaise.

Dani retira ses chaussures pour marcher sur le tapis épais et chaud, agitant les orteils avec satisfaction en le rejoignant. Elle passa un bras autour de la taille de Cole et se blottit contre lui tandis qu'il contemplait le paysage : de grands arbres, la rivière qui serpentait au milieu... il y avait là toute la beauté du nord. Une beauté âpre, profondément sauvage, et le lieu idéal pour des personnes qui cherchaient à se retrouver elles-mêmes. Sûr, protégé.

Une sentinelle solitaire arpentait le mince sentier au-dessous d'eux.

— Nous avons des agents de sécurité. C'est tellement... bizarre.

— Nous avons des agents de sécurité qui vont devoir apprendre à lever le nez, marmonna Cole.

Il se tourna vers Dani, et l'enveloppa de ses bras.

— Mais cela ne fait pas partie de mon ordre du jour immédiat.

— Ah oui ? demanda-t-elle, haussant un sourcil. Tu as un ordre du jour. Bel esprit d'initiative !

— Toute ma vie, j'ai eu des objectifs à atteindre. Pouvoir enfin cocher des choses sur ma liste de choses à faire fera de moi un loup heureux.

Il effleura ses lèvres, bien trop légèrement compte tenu de son regard empli de passion et de convoitise.

De sexe, et de quelque chose de plus.

— Oh, j'espère que je suis sur ta liste de choses à faire.

Cole sourit de plus belle lorsqu'il la tira par la main en direction des deux portes qu'ils n'avaient pas encore ouvertes.

— Tu es tout en haut à partir de maintenant, tout le temps et pour l'éternité.

C'était injuste qu'il se montre aussi romantique alors qu'il était quasiment en train de la traîner à travers la pièce.

— Tu es censé me regarder dans les yeux quand tu dis des choses aussi adorables, l'informa-t-elle.

Il ouvrit la première porte, qui donnait sur une grande salle de bains, où des serviettes brodées du mot « invités » étaient suspendues à une tringle.

— Nous nous regarderons dans les yeux d'ici une minute. J'ai un bon pressentiment quant à ce que nous allons trouver derrière cette deuxième porte.

— Et cet endroit est vraiment pour nous ?

Certes, elle était présente lorsque Charlene s'était illuminée comme une supernova, mais ce genre de choses n'arrivait jamais. Les gens ne construisaient pas de forteresses secrètes en pleine nature avant de les confier à de parfaits inconnus.

En réalité, tout ceci était impossible, et plus elle y pensait, plus elle se sentait perdue. Lorsque Cole ouvrit la deuxième porte, se pressant après elle pour la forcer à entrer, son cerveau turbinait si fort que ses yeux eurent du mal à enregistrer ce qu'elle voyait.

C'était une chambre à coucher spacieuse, équipée de ces incroyables fenêtres et de cette vue époustouflante. D'autres portes laissaient entrevoir des reflets de chrome et de marbre : il y avait une salle de bains attenante à cette chambre, ainsi que ce qui semblait être un placard. Mais surtout, en plein milieu se trouvait un lit king-size.

Des oreillers y étaient empilés, un côté décoré d'ours, l'autre avec des images de loups.

Encore une fois, c'était impossible. Elle se tourna vers Cole et constata que son compagnon s'était mis à rire, lui rendant son regard avec un bonheur qui se lisait dans tout son être.

— Alors, compagne. Quel côté du lit préfères-tu ? lui demanda-t-il.

Quel genre de question était-ce ?

— Le milieu.

Il rit et l'entraîna en avant.

— J'en doute. J'ai l'impression que tu préfères ce côté du lit.

Il se tourna au dernier moment et la souleva pour l'embrasser avec passion et chaleur, lui ôtant toute lucidité tandis qu'il l'entourait de ses bras.

La seconde d'après, il cessa de tournoyer et la lâcha. Elle vola dans les airs, les bras écartés pour garder l'équilibre, avant d'atterrir sur le lit au milieu des oreillers qui rebondirent partout. Dani éclata de rire et cria lorsqu'il se jeta sur elle, bondissant pour la piéger. Son puissant loup se tenait au-dessus d'elle.

Elle avait un compagnon. Un compagnon loup intelligent et incroyablement beau, qui allait travailler de concert avec elle pour aider les gens. C'était la réponse la plus merveilleuse et la plus incroyable à tous les rêves qu'elle avait jamais eus.

Il parla avant qu'elle ne le fasse.

— J'ai tout fait de travers, lui dit-il tout bas.

Sa voix bourrue ruissela sur elle, comme si ses doigts caressaient sa peau.

— Je me suis montré impatient, et impoli. Et pourtant, pour une raison que j'ignore, je suis toujours là avec toi, et je vais passer le reste de ma vie à faire en sorte que tu saches combien je te chéris. Et combien j'ai besoin de toi dans ma vie en tant que ma compagne, ma partenaire, et mon amour.

La gorge de Dani se serra.

— Tu m'aimes ?

Elle lut la réponse dans ses yeux avant qu'il n'ouvre la bouche.

— Je crois que je t'ai toujours aimée. Et pas seulement parce que je suis un loup, et que j'étais destiné à t'aimer. J'ai toujours aimé l'idée de toi. D'une femme assez téméraire pour poursuivre son but, et assez folle pour me vouloir à ses côtés.

Il l'embrassa, et son organisme fut submergé d'une autre sensation incroyable. Les ours n'avaient peut-être pas de compagnons, mais ils tombaient amoureux. Qu'il ait compris pourquoi tout cela était si juste, en dépit du peu de temps qu'ils avaient passé ensemble, la touchait.

Elle prit le visage de Cole entre ses mains, et le caressa jusqu'à ce qu'il recule.

— Moi aussi, je t'ai attendu toute ma vie. Je ne te trouve pas impatient : regarde tout ce que tu as appris pendant que tu attendais. Et je ne te trouve pas impoli...

Il inclina la tête, l'air incrédule.

— D'accord, je ne te trouve pas plus impoli que tu ne devrais l'être, parce que parfois, tu dois imposer ta loi. Parfois il faut savoir utiliser un langage que les gens comprennent.

Les ours ne s'accouplaient pas comme les loups le faisaient, et il y avait une chose qu'elle comprenait : il avait besoin d'elle. Totalement. Qu'elle soit à lui sur tous les plans.

Il était toujours au-dessus d'elle, ce qui signifiait qu'elle n'avait qu'à faire basculer son point d'équilibre pour inverser leurs positions sur l'énorme matelas, ce qu'elle fit. Cole sourit lorsqu'elle se déplaça pour s'agenouiller fermement sur ses hanches, son sexe reposant sur son érection grandissante.

— Maintenant, j'ai ton attention, lui dit-elle d'un ton doux.

— Absolument.

Dani leva la main pour défaire le premier bouton de sa chemise, puis elle se pencha pour faire de même avec celle de Cole. Elle répéta l'opération jusqu'à ce que les deux soient totalement ouvertes.

Cole ne dit pas un mot, mais il était évident qu'il était concentré uniquement sur elle.

Parfait. Elle posa les deux mains sur son torse, puis se

pencha en avant jusqu'à ce que sa poitrine repose contre lui. Il garda les yeux rivés sur ceux de Dani.

C'est à ce moment qu'elle le dit.

— Je t'aime.

La flamme qui se répandit dans tout son corps à mesure qu'il assimilait les paroles de la jeune femme était gratifiante. Peu importait ce qu'il leur restait à régler, et cette liste de choses à faire qui allait s'allonger jusqu'à couvrir un mur aussi grand que le lit sur lequel ils étaient actuellement couchés. Ce n'était pas la chose la plus importante à cet instant précis.

Cole prit les mains de Dani dans les siennes et porta ses doigts à sa bouche pour les embrasser brièvement.

— Tu n'es pas obligée de me le dire maintenant. Ce que je veux dire, c'est que je t'aime, et que nous allons exceller dans ce boulot, mais...

— Tu as vraiment l'intention de te disputer avec moi à ce sujet ? lui demanda Dani. Tu me crois trop jeune pour savoir ce que je ressens ? Tu crois qu'il faut avoir passé beaucoup de temps à faire quelque chose pour vraiment en comprendre le sens, ou bien tu peux simplement accepter le fait que tu es vraiment très attachant ?

Son compagnon éclata de rire et la fit basculer à nouveau, la prenant au dépourvu. Elle parvint à retirer sa chemise en une fraction de seconde avant qu'il ne se place au-dessus d'elle. Son poids la cloua au matelas tandis qu'il retirait lui aussi son vêtement.

— *Attachant.* Voilà bien une description que je n'ai jamais entendue à mon sujet. Détestable. Risible. Il me semble que mon frère a employé les deux.

— Eh bien, je vais devoir le répéter jusqu'à ce que tu le croies. Je t'aime, Cole.

La joie pure qu'elle lut dans ses yeux lorsqu'elle le dit la fit vibrer intérieurement presque autant que la sensation de sa main qui caressait son buste.

— Redis-le, exigea-t-il.

— Je t'aime.

Elle soupira avec bonheur lorsqu'il posa les deux mains sur ses seins avant d'enfouir son nez dans son cou. Il la lécha, la suça et la rendit folle en la touchant partout.

Lorsqu'il lui retira son pantalon et s'installa entre ses cuisses, Dani se réjouit que son compagnon soit un loup très minutieux et déterminé.

— Je t'aime, répéta-t-elle d'un ton satisfait.

— J'aime tout de toi, répondit Cole. J'aime la douceur de ta peau, tout comme ton parfum de pêche, de crème et d'épices. Et j'adore ton goût.

Il abaissa la tête entre ses jambes et la lécha. Sa langue talentueuse caressa son clitoris d'une manière qui capta toute son attention. Ses doigts la taquinèrent, tournant autour de son bourgeon sensible, s'enfonçant en elle tandis que sa langue faisait subir à son sexe un traitement diabolique jusqu'à ce qu'elle se trémousse.

La pression s'accroissait, la chaleur augmentait, mais il ne s'agissait pas seulement d'un plaisir sexuel : c'était *lui*. Son compagnon.

— Je t'aime.

Il grogna.

— J'ai besoin de toi.

Elle était déjà si proche... mais ces mots suffirent à la faire basculer. En un clin d'œil, il se redressa au-dessus d'elle, remplaça ses doigts par sa verge, et une seconde plus tard il l'avait pénétrée, s'enfouissant en elle. Elle eut le souffle coupé lorsqu'il s'enfonça si profondément qu'elle eut l'impression qu'ils ne pourraient plus jamais se séparer.

— Amour…

Ce fut le seul mot qu'elle parvint à prononcer alors que son orgasme la frappait de plein fouet, troublant sa vision et contractant son corps autour de son membre épais qui les unissait.

Cole jura puis accéléra le rythme, la pilonnant d'une manière telle qu'elle aurait dû s'effondrer sur le matelas ; au contraire, c'était vraiment parfait. Le puissant corps de métamorphe de Dani était plus que capable de lui fournir ce dont il avait besoin et d'accepter ce qu'il lui offrait. Il donna un nouveau coup de reins, taquinant ses terminaisons nerveuses sensibles qui palpitaient déjà de plaisir. Un autre, et elle se retrouva à bout de souffle, s'agrippant de toutes ses forces à ses bras, avant de faire glisser ses ongles sur son dos alors qu'il poussait un grognement approbateur.

Elle voulait ça. Elle en avait besoin. Elle saisit sa tête et attira la bouche de Cole vers son cou.

— Je t'aime.

Au creux d'elle, son ourse s'immobilisa, tandis que le loup qui la dominait se rendait compte de ce qu'elle lui offrait. Cole posa ses dents sur sa peau et, au moment où il balançait à nouveau les hanches, le plaisir jaillit, son orgasme la submergea comme si elle était emportée par la rivière. Elle était hors de contrôle mais parfaitement heureuse, parce qu'il était là avec elle, palpitant au creux d'elle, et que ses dents transperçaient sa peau pour achever leur accouplement. La rendant vraiment sienne.

La pièce continua de tourner un bon moment. Suffisamment longtemps pour que Cole se pose entièrement sur elle, comme une lourde couverture de passion sauvage.

Il lui lécha l'épaule, puis recommença à l'embrasser, de

petits baisers brefs qu'il déposait sur son visage, son cou et ses épaules comme s'il ne pouvait pas s'arrêter. Dani ronronna. Ou l'équivalent d'un ronronnement chez les ours.

Cole roula sur le côté, la serrant contre lui avant de tirer la couette pour la couvrir du mieux qu'il pouvait.

— À un moment donné, j'arrêterai de me comporter comme un animal quand je te prends.

— J'aime les animaux. J'en suis un peu un moi-même, souligna Dani.

Il ricana.

— Tu as sans doute raison.

Ils échangèrent des regards joyeux, satisfaits d'être emmêlés l'un avec l'autre.

— Alors, qu'est-ce qu'on fait maintenant ? demanda-t-elle.

Peu lui importait, du moment qu'ils le faisaient ensemble.

Cole lui caressa la joue.

— Tout de suite, nous allons visiter notre salle de bains. Ensuite, après avoir revêtu les vêtements de ninja qui, j'en suis sûr, nous attendent dans le placard, nous devrions partir à la découverte de notre nouveau chez-nous.

Dani remua pour pouvoir poser ses avant-bras sur le torse de Cole.

— Tu prends tout cela très sereinement.

— Trente-trois ans de préparation, ma chérie. J'ignore peut-être encore ce que nous sommes en train de faire, mais nous sommes prêts pour ça, toi comme moi. Nous aviserons au fur et à mesure.

Ce qui était à peu près ce qu'elle avait en tête aussi.

— D'accord. Et, Cole ? Au fait...

Il s'arrêta alors qu'il était en train de les redresser, une question dans les yeux, attendant qu'elle termine.

Elle ne se lasserait jamais de le lui dire.

— Souviens-toi, je t'aime.

Elle perçut aussitôt sa chaleur et le bonheur qu'il ressentait. Oui, ils aviseraient au fur et à mesure. Mais cette partie-là au moins, elle la maîtrisait à cent pour cent.

ÉPILOGUE

Cole gravit les marches deux par deux, avec une vivacité qu'il ne cherchait pas à dissimuler. Il passa devant un groupe de nouvelles recrues qui se mirent toutes au garde-à-vous en le voyant, et même s'il avait un délai à respecter, il s'arrêta à côté de leur formatrice en chef, Michele.

— Ils ont l'air très enthousiastes et déterminés, lui dit-il d'un ton approbateur.

Michele acquiesça. Le puma métamorphe s'était révélée être une bonne formatrice après avoir appris à se détendre un peu.

— Ils espéraient te faire une démonstration cette semaine.

Cole s'éloignait déjà, mais il acquiesça.

— Contacte Erika, et fixe un rendez-vous. Continuez à faire du bon boulot, cria-t-il par-dessus son épaule, évitant un groupe d'enfants qui se précipitaient de l'aire de jeux vers la cafétéria.

Au cours des six derniers mois, la Retraite des aurores boréales était devenue une réalité. L'infrastructure mise en place par Charlene avait été plus que suffisante une fois que Cole avait pris contact avec quelques personnes clés rencontrées au cours de ses années de « préparation et d'apprentissage ». Et une fois qu'il y avait injecté un peu d'argent, tout s'était mis en place à merveille.

Son téléphone sonna : c'était sa secrétaire. Cela le fit rire alors qu'il s'arrêtait pour répondre. Il avait une secrétaire... bon sang, la vie était tellement bizarre !

— Yo, Erika.

— Yo, boss. Tu voulais être prévenu, alors écoute bien : la livraison que tu attendais arrive demain. Pendant que je t'ai sous la main, la cuisine a besoin d'un chef supplémentaire, et le service informatique a dit *wouhou* parce qu'ils ont obtenu l'accès à un nouveau satellite.

Il classa l'information en ricanant.

— Tu improvises... L'équipe informatique ne dit pas *wouhou*, mais c'est une excellente nouvelle. Quel pays allons-nous envahir ensuite ?

La jeune renarde arctique métamorphe, devenue une bonne amie de Dani, répondit d'un ton bien trop enjoué.

— C'est un satellite de la NASA, donc ce sont les États-Unis, n'est-ce pas ?

La vie était vraiment *très* bizarre.

— Excellent travail. Dis-leur que je passerai cet après-midi, et qu'on ne braque pas les caméras satellites sur les plages de nudistes. Nous ne voulons pas que la NASA pense que des extraterrestres pervers ont pris le contrôle.

— Tu n'es pas drôle ! se plaignit Erika, mais son ton était joyeux. Embrasse Dani de ma part.

— Il est temps que tu te trouves un compagnon à toi, et que tu cesses de tenter d'accaparer la mienne, taquina Cole, avant de raccrocher avec un sourire en coin, le pas léger...

Ou du moins, il l'aurait été si des petits doigts ne

s'étaient pas enroulés autour de sa jambe, le clouant sur place. Une des petites cougars métamorphes, temporairement relogés dans la retraite, car la terre de leur meute était menacée par les incendies de forêt, avait profité de sa pause pour se lover contre lui.

— Viens déjeuner, exigea-t-elle.

Il prit la petite fille dans ses bras et la projeta en l'air juste pour l'entendre rire, sous le regard protecteur de sa mère, heureuse, car elle savait que Cole ne ferait jamais de mal à sa petite fille.

— Je pourrais peut-être me joindre à vous cet après-midi pour manger des cookies. Mais je dois aller retrouver ma compagne. Elle m'attend, et il ne faudrait pas que je sois en retard, n'est-ce pas ?

Elle écarquilla les yeux en secouant la tête.

— La princesse Dani a besoin de toi.

Il réfréna un ricanement amusé. Dani n'était pas ravie que leurs recrues aient commencé à l'appeler *princesse*. Lorsque les réfugiés avaient commencé à arriver, le flux avait été constant. Il tapota le nez de la petite fille et la posa par terre près de sa mère.

— Effectivement. Alors, si vous voulez bien m'excuser, milady.

Il s'inclina majestueusement en reculant, saluant tous les petits métamorphes qui se bousculaient dans la file d'attente pour manger.

Ils avaient créé un foyer loin de la maison pour ceux qui en avaient besoin. Il y avait encore beaucoup à faire, et malheureusement il y en aurait sans doute encore pour longtemps, mais ils avaient bien démarré, et il était satisfait.

Il était tellement heureux qu'il fredonnait comme un idiot lorsqu'il se glissa par la sortie latérale et se dirigea vers les arbres.

Un rendez-vous avec sa compagne. C'était la seule chose qui pouvait rendre sa journée encore meilleure.

Il ralentit le pas à mesure qu'il approchait, restant dans l'ombre pour essayer de se faufiler derrière elle, mais en vain.

— Je t'entends, lui cria-t-elle avant même de le voir. Dépêche-toi.

Oh. Cole bondit avant de se reprendre et de revenir à une façon de se déplacer plus posée et plus virile. Mais intérieurement, il sautillait toujours.

— J'arrive, mon amour.

Il contourna les arbres et se dirigea vers leur lieu de rencontre favori, un banc lisse et herbeux au-dessus d'un coude calme et tranquille de la rivière. Ils avaient passé plusieurs jours là-bas, à nager et à prendre le soleil, à discuter de ce qui devait se passer ensuite au refuge.

Ils passaient du temps à discuter de leurs besoins en tant que couple. Cole savait qu'il avait déjà obtenu tout ce qu'il avait toujours voulu, même s'il n'était pas certain de le mériter.

Surtout *elle*, sa compagne.

Dani était assise par terre, appuyée sur ses coudes, le visage tourné vers le soleil. Cette position accentuait le renflement de ses seins. Cole laissa échapper un grognement de bonheur en s'avançant vers elle.

Le second renflement, visible de profil, le rendait tout aussi heureux : cette bosse dans son ventre qui continuait de grandir à une vitesse que Dani jugeait alarmante. Cole se laissa tomber à côté d'elle et posa une main possessive sur son ventre. Puis il se pencha pour l'embrasser et murmura contre la bosse.

— Hé, les gars. Vous êtes bien là-dedans ?

— Non, l'informa Dani d'un ton sec avant d'incliner le

menton, arborant un sourire penaud. Espèce de dangereux loup sauvage. Tu me frotterais le dos ? J'ai déjà des spasmes musculaires à cause de tes bébés, et ils sont là encore pour trois mois.

— Laisse-moi prendre soin de toi, lui proposa Cole.

Laisse-moi prendre soin de toi pour toujours.

Il la tira sur ses genoux, sa silhouette fine s'ajustant parfaitement contre lui pour qu'il puisse profiter du frottement de leurs bustes l'un contre l'autre. Il posa ses mains sur ses muscles tendus qu'il massa et écrasa jusqu'à ce qu'elle ronronne et se retrouve alanguie contre lui.

— Nous avons appris qu'il se passait quelque chose de louche dans la baie d'Hudson. Avons-nous des agents dans cette région ?

— Il me semble que oui. Quand nous serons de retour au quartier général, je pourrai vérifier pour toi. Tu as eu le message ? Martin, de Chicken, a appelé.

Oui, il l'avait bien eu, et la conversation qui en avait résulté allait faire rire sa compagne.

— Il s'inquiète pour Nadia.

Dani siffla.

— Elle ? Sérieusement ? Cette femme est une arme nucléaire ambulante. De quoi devrait-elle s'inquiéter ?

Cole lui donna une petite tape sur les fesses.

— Cesse de faire semblant d'être méchante. Nous savons aussi bien l'un que l'autre que tu as fait des recherches. On dirait bien que tu avais raison...

— Et ça te surprend ?

Il l'embrassa rapidement, et tous deux se mirent à rire.

— Je n'ai jamais douté de toi une seule minute. La vérité, c'est que le don de Nadia ne fonctionne plus correctement.

Dani l'attrapa par les épaules et le regarda

attentivement dans les yeux. Toutes les attentions, les prévenances et les belles analyses préparatoires convergèrent vers lui, et il en fut très reconnaissant.

— On dirait qu'il est temps pour Nadia de quitter un peu la ville, suggéra Dani.

Cole acquiesça.

— C'est exactement ce que je pensais. Tu es prête à leur envoyer leurs documents de mission ?

Ils avaient découvert que la Retraite des aurores boréales avait énormément de pouvoir. Lorsqu'un métamorphe disposait des compétences dont ils avaient besoin, ils pouvaient le recruter temporairement, y compris Nadia.

Dani inclina la tête.

— Leurs ?

— Oh, allez ! Tu ne serais pas assez méchante pour envoyer cette douce et innocente petite lynx à l'autre bout du monde sans un gros ours pour assurer sa protection, si ?

Cole serra plus fort Dani dans ses bras. Son ventre se pressait contre lui, et il frissonna.

— Je sais que je n'y serais jamais arrivé sans *mon* ourse à mes côtés.

Le regard empli d'un amour absolu qu'elle lui renvoya le submergea. *Oh, comme il aimait sa manière de tout lui donner en un seul regard !*

— Je t'en veux toujours de m'avoir mise enceinte si vite, mais je suis d'accord pour envoyer Nadia et Martin en mission ensemble. Car toute personne sensée emmène un ours avec elle lorsqu'elle doit se rendre dans un endroit important.

— Et dans quel endroit important nous rendons-nous ? lui demanda-t-il en souriant.

— L'éternité ?

Voilà qui lui semblait parfait.

— Je t'aime.

Dani hocha vivement la tête.

— Bien évidemment. Je suis vraiment attachante.

Ils éclatèrent de rire. Ensemble. Comme ils le resteraient tout au long de leur existence.

Vivian Arend, auteure de best-sellers au classement du *New York Times*, vous revient avec une série de romans courts et légers, avec des métamorphes de toutes sortes (ours, loups, lynx). Qu'ils soient unis par le destin ou victimes d'un coup de foudre, tous méritent une fin heureuse de conte de fées.

La Meute de Takhini
Le Roi du cuivre
Le Seigneur loup
Le Cœur d'une dame
Le Prince sauvage

Vivian fait actuellement traduire ses nombreuses séries. Merci de consulter son site web pour toutes les dernières informations.
www.vivianarend.com/fr

À PROPOS DE L'AUTEUR

Avec plus de 3 millions de livres vendus, Vivian Arend est une auteure de best-sellers figurant aux classements du New York Times et de USA Today. Elle a écrit plus de 70 romances contemporaines et paranormales.

Ses livres sont des romans intégraux qui peuvent se lire indépendamment de toute série et ne se terminent pas sur un suspense. Ce sont des histoires pleines d'humour et d'émotions, avec des moments sensuels et des fins heureuses. Vivian estime avoir le plus beau métier au monde. Elle habite en Colombie-Britannique, au Canada, avec son mari depuis plusieurs années (l'inspiration de chacun de ses héros et un compagnon volontaire pour toutes sortes d'aventures).

www.ingramcontent.com/pod-product-compliance
Lightning Source LLC
Chambersburg PA
CBHW021728190726
48288CB00009B/2954